Au bout du monde

Illustration de couverture : Jacques Fernandez

Carte de la Guadeloupe : Sophie Mondésir

Loi n° 49-956 du 16 juillet 1949
sur les publications destinées à la jeunesse

ISBN : 978-2-906067-52-3

GISÈLE PINEAU

Caraïbes sur Seine

ÉDITIONS DAPPER

1

Il avait neigé tout l'après-midi. J'étais restée longtemps, le nez collé à la fenêtre de ma chambre à méditer sur la lettre de papa. Et puis, j'avais ouvert mon album de photos, feuilleté des magazines sans vraiment m'attarder sur autre chose que les pages de mode et le dossier consacré à l'acné. Plusieurs fois la voix de maman avait traversé l'appartement. Elle avait parfois une façon très particulière de crier mon nom, comme ce jour-là. Mon propre prénom me glaçait alors de terreur. Il était pareil à une fusée lancée de la cuisine, un coup de tonnerre, la flèche d'une tribu indienne filant de la salle à manger au couloir pour siffler tout près de mes oreilles, me transpercer le cœur et puis me terrasser.

— Liiinnnnndy ! Qu'est-ce que tu fais ?

J'avais sursauté, caché la lettre de papa dans mon livre d'anglais, jeté mon *Girl* à l'autre coin de la chambre et ouvert mon cahier de sciences physiques. J'avais pris ma voix d'enfant docile qu'aimait tant maman. J'avais adopté la pose de l'élève concentrée sur son travail, la tête enfoncée entre les épaules, le dos voûté, le stylo à la main prêt à courir sur les lignes bleues qui ne demandaient que ça : du bon travail prometteur de ces notes au-dessus de la moyenne qui accrochaient des étoiles dans les yeux de maman. Ma voix s'était voulue forte, convaincante, assurée.

— Eh ben !... J'apprends mes leçons, maman…

C'était la réponse imparable pour être tranquille, avoir un petit répit. Je n'aimais pas les samedis après-midi d'hiver. Nous étions tous à la maison, les uns sur les autres. Et en plus, c'était le jour sacré de grand ménage pour maman. Son jour de fervente cuisinière. Son jour d'institutrice inquiète et lointaine à la fois qui avait des accès de remords en songeant à l'un ou l'autre de ses élèves oubliés dans un coin d'ombre. En fait, le samedi était le jour où elle entrait à pieds joints dans son rôle de mère idéale tout à fait insupportable, comme disait mon amie Carola.

À partir du moment où maman avait commencé à travailler, elle avait regretté de ne plus être une mère au foyer. Son visage, les matins où elle allait au magasin, était fermé à double tour comme un vieux coffre-fort. Elle ne riait pas, passait son temps à crier et répéter qu'il fallait se presser...

— Vous allez être en retard ! Dépêchez-vous ! Assez traîné ! J'en ai marre ! Marre ! Marre ! Que des bons à rien ! Une bande de bons à rien que j'ai mis sur la terre du bon Dieu ! Non ! Seigneur ! J'ai pas mérité ça !

Elle nous tirait du lit, nous poussait les uns après les autres dans la salle de bains, nous bourrait dans le dos jusqu'à la cuisine où, à demi endormis, nous restions un moment avachis, le derrière posé de travers sur nos tabourets, sans réaction aucune devant nos bols de chocolat fumant où elle faisait pleuvoir à la va-vite les pétales de corn flakes. Elle disparaissait une ou deux minutes. Et puis s'en revenait avec son manteau, son chapeau et son sac. Et, sans un mot, elle arrachait d'entre nos mains flapies les bols où, ramollies, les céréales avaient triplé de volume et commençaient cruellement à nous rappeler celles de notre chien Bingo. Maman balançait les cuillères dans l'évier et, sans jamais oublier de pester contre notre père reparti en Guadeloupe, elle nous bousculait jusqu'à la porte qui se refermait dans un bruit de fin du monde.

Nous ne la revoyions que le soir. Fatiguée de sa journée de travail, elle n'avait pas la force de nous crier dessus ou de jeter un œil sur nos cahiers. Elle poussait des soupirs désolés, nous embrassait distraitement du bout des lèvres sur le front ou sur une oreille.

— Je suis vidée, disait-elle d'une petite voix de flûte. Apprenez vos leçons. Je vous appellerai pour le dîner.

On l'entendait causer à Bingo tandis qu'elle versait de la nourriture dans son écuelle. Elle bricolait dans la cuisine, fouillait dans le frigo où s'entassaient les fruits et légumes défraîchis ramenés du magasin. Elle fourrait du linge dans la machine à laver, rangeait la vaisselle, mettait le couvert. Quand on avait fini de manger, elle allait s'asseoir devant la télé. Elle s'endormait au bout de dix minutes, la télécommande à la main, pareille à un cow-boy de la pure tradition du Far West, abattu dans un saloon après une partie de cartes entre escrocs ou bien assommé par un abus de whisky de mauvaise qualité.

*

Ça, c'était la maman de la semaine… Mais le samedi après-midi et le dimanche, elle se déchaînait. La Mère Parfaite en chair et en os. Elle traquait la poussière comme Lucky Luke poursuivait les frères Dalton. Et l'aspirateur que Jeff avait baptisé Rantanplan traînait pendant des heures son gros ventre sur la moquette, gémissant et grognant, tout près d'agoniser, ce qui terrorisait notre pauvre chien Bingo. Les draps sales s'entassaient dans le couloir à la porte des chambres. Dans la cuisine, il y avait des odeurs d'eau de Javel et de poudre à récurer mêlées à celles de soupe et de gâteau, de viande et de tarte à la morue. La vaisselle faisait des montagnes dans l'évier. Des torchons de toutes les couleurs abandonnés sur les dossiers des chaises, sur les buffets, les fauteuils et même les lits marquaient son passage et racontaient combien la tâche qu'elle avait entreprise était titanesque, la dépassait.

Ma maman s'appelle Jeanine. Entre nous, ses enfants, pendant quelque temps, nous l'avons surnommée Calamity Jane. Ce n'est pas très gentil, mais c'est la vérité...

*

Dehors, des gamins couraient sur les trottoirs en donnant des coups de pied à des tas de neige grisâtre. Ils riaient aux éclats dessous leurs bonnets rouges, verts et bleus. Je ne les enviais pas le moins du monde. J'étais bien au chaud, la tête dans les nuages, heureuse de savoir ma maman à l'aise dans son rôle favori. Même si elle croyait devoir crier et tempêter, tirer des flèches ou dégainer pour se faire respecter, je savais qu'elle faisait tout ce tapage par amour. Je savais qu'elle nous aimait de tout son cœur.

Nous avions quitté la Guadeloupe pour la

France précipitamment en 1996. J'avais tout juste onze ans. Les jumeaux huit ans. Faux jumeaux : un garçon et une fille, Jeff et Dany…

Mais avant d'entrer dans les détails, je dois vous raconter l'histoire de notre départ, même si ça doit vous barber. Il faut toujours commencer par le début sinon on s'emmêle les pédales.

*

Mon père, Oscar, avait appris une terrible nouvelle qui l'avait terrassé. Du jour au lendemain, il était devenu le fantôme de lui-même et tout ce qu'il racontait composait des histoires abracadabrantes sans queue ni tête. Ses paroles faisaient surgir un monde effrayant peuplé d'animaux sauvages et de grands criminels. Lui qu'on avait toujours connu si doux rentrait à la maison pareil au vent glacé qui soufflait autour du cou de la Soufrière*. Il tapait du poing sur la table. Jurait

---

* La Soufrière : volcan de la Guadeloupe situé dans le sud de l'île de Basse-Terre. Encore en activité.

qu'on lui avait planté un couteau dans le dos. Le ciel lui était tombé sur la tête. Le monde s'écroulait autour de lui. Sa chute n'avait pas de fin. Ses propres frères, qu'il avait autrefois aimés de tout son cœur, étaient devenus des serpents. On voulait qu'il soit dans la rue, sans toit, comme un chien errant. Man Lili, sa maman, devait se tourner dans sa tombe…

Lorsque nous étions à table, le bruit des couverts et le cliquetis des verres faisaient la conversation à notre place. De temps en temps, papa parlait la bouche pleine et répétait tristement : « *A pa kouyonad ! A pa kouyonad ! Gadè sa yo ka fè mwen !** » Maman ne répondait pas. Elle se contentait de le regarder avec un air de grande pitié. Seule la nuit venue portait leurs chuchotements à travers les pièces emplies d'ombres.

Un matin, accablé, papa s'est assis sur les marches de la véranda et il a lâché :

------

* C'est pas des blagues ! C'est pas des blagues ! Regardez ce qu'ils m'ont fait !

— Y a qu'une solution ! Il faut partir !

— Partir où ? a demandé maman en ouvrant de grands yeux.

— Eh bien ! En France ! Puisqu'on nous chasse !

— Ils seront trop contents. Non, on va rester ici et trouver une maison à louer.

— Non ! On va partir ! Je vais passer le concours de la Poste…

— Et après ?

— Eh bien ! On vivra en France ! Et adieu la Guadeloupe !

Cela faisait quelque temps déjà que papa parlait de ce concours. Personne n'y croyait vraiment… Voilà comment tout s'est enchaîné. Voilà comment nous avons quitté notre maison, nos amis, notre école.

Pendant longtemps les jumeaux n'ont rien compris. Ils croyaient que papa était devenu un peu fou. Moi, j'étais la plus grande, alors j'ai enquêté et commencé à relever des indices par-ci, par-là. Quand j'interrogeais maman, elle me répondait que c'était des histoires de grandes personnes. Je ne pouvais rien en tirer. Elle devait garder le secret. Papa ne voulait surtout pas que les gens soient au courant de ses déboires et se mettent à le plaindre et à parler dans son dos. La vérité, c'est que la maison que nous habitions et le terrain sur lequel elle avait été bâtie ne nous appartenaient pas. C'était la terre de Man Lili, que je n'avais pas connue puisqu'elle était depuis vingt ans enterrée au cimetière de Capesterre. Man Lili avait eu quatre fils. Mon père et ses trois frères. Les trois serpents comploteurs, comme les avait baptisés papa, s'étaient réunis en catimini pour discuter du partage de ce bien familial. Selon eux, papa avait bénéficié assez longtemps de la maison et du terrain de Man Lili. Ils réclamaient leur part. Alors ils avaient décidé de tout vendre et de séparer le butin comme des bandits. Mon père avait répondu par le silence lorsque, en délégation, ils étaient venus lui apporter l'incroyable nouvelle. Ma maman avait écrit des lettres à ses belles-sœurs. Elle expliquait qu'on n'avait pas le droit de jeter une famille à la rue pour de l'argent, qu'il ne fallait pas offrir son cœur à la jalousie. Elle leur demandait de dissuader les frères d'Oscar d'aller au bout de leur projet, le temps qu'elle s'organise, économise assez de sous pour se loger ailleurs. Elle a attendu un coup de fil ou une lettre mais n'a jamais eu de réponse. Quelque temps après, papa a passé le concours national de la Poste. Il a été affecté à Noisy-le-Grand*, en France.

— C'est la solution à tous nos tourments, Jeanine ! Et c'est une promotion ! disait alors papa. Quelque chose que j'ai pas le droit de refuser.

— C'est un cadeau empoisonné, répondait maman. Je te connais, tu vas le regretter.

— Non ! Non ! s'écriait papa. On n'est pas forcés de partir. Ils veulent la maison. Je la leur laisse. Et adieu la Guadeloupe !

Pour moi, cette histoire était un conte incroyable. Du jour au lendemain, nous allions quitter Capesterre-Belle-Eau*, notre pays, la

---

* Noisy-le-Grand : ville de la banlieue parisienne.
* Capesterre-Belle-Eau : commune de Guadeloupe sur la côte sud-orientale de la Basse-Terre.

Guadeloupe. Notre vie en était bouleversée. Papa faisait semblant d'être content. Maman le regardait s'agiter et raconter à tout le monde qu'il comptait les jours tellement il avait hâte d'être loin de la Guadeloupe.

Le matin du grand départ, nous avions le cœur serré, des larmes aux coins des yeux, la goutte au nez. Mais le sourire était de rigueur. J'avais l'impression d'être une somnambule au visage hilare égarée dans des bois inconnus où tous les gens qui faisaient cercle autour de moi étaient des arbres. Et les au revoir que j'avais dû répéter comme une petite chanson à mes amis, mes cousins et cousines, mes oncles et tantes, mes grands-parents du côté maternel résonnaient à mes oreilles pareils à des adieux sans retour. Nous n'avons pas revu la famille de mon père.

*

Noisy-le-Grand, c'était un autre monde, le bout du monde.

La France que je voyais à la télévision,

lorsque nous vivions à la Guadeloupe, ne ressemblait en rien à Noisy-le-Grand. Là, un appartement vide nous attendait dans un immeuble dont la façade était recouverte d'une immense fresque qui représentait un soleil fait de mille morceaux de carreaux cassés jaunes et orange. J'ai parcouru les pièces vides, laissant traîner mes doigts sur les murs. J'ai ravalé mes larmes. J'ai respiré très fort. Et, soudain, j'ai eu la sensation d'entrer dans une nouvelle vie qui, si je le souhaitais très fort, pourrait s'emplir d'amis, de belles histoires, de découvertes. Un appartement merveilleusement vide aux murs tendus de papier fleuri. Des centaines de fleurs ! Un appartement-jardin en quelque sorte, pendu au sixième étage d'un drôle d'immeuble carré, une masse de verre et de béton, qui affichait le soleil sur sa façade comme un spectacle permanent, un éternel été. Un appartement qui ne ressemblait en rien à notre ancienne maison avec sa cour peuplée d'arbres fruitiers, mais qui était maintenant notre chez-nous.

Pendant que papa et maman déballaient en

silence les premiers cartons et que Jeff dormait sur des couvertures, Dany et moi regardions par la fenêtre de notre nouvelle chambre. On voyait un arbre. Plus haut que les autres et semblable, par sa majesté, au manguier qui déployait ses grands bras dans notre cour et sous lequel j'allais apprendre mes leçons les après-midi de carême. Même si je supposais qu'il ne porterait pas ces mangos* doux et juteux que ma tante Hortense disait uniques dans toute la Caraïbe, sa présence était rassurante. Il se tenait de l'autre côté de la rue comme un ami accueillant qui n'avait que ça à faire, rester là pour qu'on ne se sente pas seuls et perdus en France, un cousin lointain de mon manguier.

De toute ma vie, je n'oublierai jamais la première nuit que nous avons passée à Noisy-le- Grand. C'était sinistre ! Papa semblait atterré. On aurait dit qu'il avait reçu un grand coup de poing sur la tête ou bien qu'il venait de se réveiller en plein cauchemar. Nous nous sommes

---

* Mango : petite mangue sauvage.

dit bonsoir comme si rien n'avait changé, comme si nous étions encore de l'autre côté de l'Océan, comme si nous allions nous endormir dans notre maison perchée sur le morne* à Capesterre. Maman était muette. Elle a installé nos couvertures sur la moquette comme un robot. Elle était là mais son regard était absent. Pas de radio. Pas de télé. Rien que le silence. La porte de notre chambre refermée, Dany s'est enfoncée dans sa couche de fortune. Elle a miaulé comme un chaton et s'est endormie en deux minutes. Moi, je me suis levée. J'ai marché dans le noir, les bras allongés devant moi, pareille à une aveugle. Tout doucement, j'ai écarté les bras en imitant l'avion qui nous avait posés en France. J'ai gardé les yeux grands ouverts. Et puis, je me suis mise à danser sur l'air d'une petite chanson qui s'inventait au fur et à mesure dans ma tête. Les pieds nus sur la moquette, je dansais parmi les fleurs. Et dehors, le ciel parsemé d'étoiles faisait la fête

---

* Morne : mot créole des Antilles qui désigne une petite montagne arrondie.

aussi. J'étais dans un champ d'étoiles qui m'emportait vers d'autres terres.

Le lendemain matin, à la première heure, j'ai déclaré à toute la famille réunie que je voulais devenir hôtesse de l'air. Pour parcourir le monde. Voler dans le ciel au-dessus des mers, traverser les nuages. Découvrir des pays étrangers. Papa a secoué la tête. Jeff a rigolé. Dany a regardé le ciel derrière la fenêtre. Et maman a répondu que ce n'était pas le moment, qu'il y avait plein de cartons à déballer et les vêtements à suspendre dans les armoires murales. On attendait les déménageurs aux alentours de midi avec le reste des affaires. En fait, ils sont arrivés à quatre heures de l'après-midi. Leurs allées et venues ont duré jusqu'au soir. Au fur et à mesure, les pièces vides se sont remplies de nos meubles. Plusieurs centaines de petites fleurs du papier peint ont disparu derrière les armoires, les buffets et les lits. Écrasées, privées de lumière, je pense qu'elles ont dû faner, mais ça, je ne le saurai qu'au prochain déménagement.

*

Voilà pour l'installation. Une semaine après notre arrivée, papa a pris le chemin du bureau de poste. Il l'a tout de suite détesté.

— Je rêve, disait-il d'un air abasourdi. C'est pas à moi, Oscar, que ça arrive ! Non ! Je vais me réveiller de ce cauchemar ! Et je serai en Guadeloupe, chez moi, à Capesterre. Personne va me forcer à vivre dans ce pays parce que j'ai réussi à un concours ! Je suis un homme libre, moi ! On va retourner en Guadeloupe et je vais les obliger à me trouver un poste à Pointe-à-Pitre ! On va en terminer avec cette comédie, vite fait, vous allez voir comment !

— T'avais qu'à pas accepter ! rétorquait maman. Maintenant on est là et moi je bouge plus. T'as qu'à t'y faire…

Papa ne répondait jamais. Mais maman continuait de parler aux fleurs du papier peint, au buffet du salon, aux imperméables suspendus au portemanteau de l'entrée mais surtout pas à papa, qui regardait par la fenêtre comme s'il pouvait apercevoir la Guadeloupe derrière la barrière des immeubles qui formaient notre horizon. Il se grattait la tête d'un air nostalgique, avalait sa salive de travers et chantonnait tandis que maman parlait, parlait, parlait…

— C'est bien toi qui voulais venir ici ! Non ?

— …

— Tout ce cinéma le jour du départ !

— …

— Moi je suis là et je bouge plus… D'ailleurs, c'est mieux pour les enfants ! Ils vont voir autre chose que Capesterre… Quand ils auront leur bac, ils pourront s'inscrire facilement à l'université et on sera déjà sur place.

— …

— Et tu nous as rien demandé quand tu es allé passer ton concours national ! Personne n'a bronché. T'étais bien content quand on est partis… Adieu la Guadeloupe !

— …

— Samedi je vais les emmener au musée du Louvre. C'est pas en Guadeloupe que j'aurais pu faire ça, pas vrai ?

— …

— On a tous suivi comme des moutons. On a dit partout qu'on était bien contents d'aller vivre en France pour pas que les gens se moquent de nous.

— …

— Non ! Non ! Tu me feras pas retourner là-bas ! Je suis dégoûtée. On nous a chassés ! Et dépossédés ! Je me suis fait une raison ! On a perdu la maison !

Maman haussait le ton et riait nerveusement. Elle faisait des vers sans en avoir l'air mais personne n'avait envie de sourire.

— …

— Et maintenant tu veux qu'on retourne en Guadeloupe pour être la risée du monde… Non ! Non ! Non ! Monsieur Oscar ! Non ! Non ! Non !

Elle pointait alors son index sur sa poitrine et s'écriait :

— C'est pas à moi, Jeanine Déravines, que tu vas faire cet affront !

Heureusement, les paroles finissaient toujours par se raréfier dans la bouche de maman.

Calamity Jane était à court de munitions.

*

On était au début du mois de septembre. L'automne s'installait déjà avec son petit vent frais qui glaçait le bout du nez. Les feuilles des arbres jaunissaient un peu plus chaque jour. La robe bleue du ciel partait en lambeaux, poussée au loin par de lourds nuages menaçants habillés de noir, de gris et de blanc. Avec maman, nous avions déjà visité le centre commercial le plus proche. Dany et Jeff avaient pris leurs repères sur le chemin de l'école que papa avait parcouru avec eux plus de dix fois. Et moi, j'attendais avec impatience la rentrée des classes au collège, car je n'avais pas encore trouvé un prétexte pour accoster les enfants que je voyais de la fenêtre de ma chambre. Des jeunes de toutes les couleurs : du noir le plus noir jusqu'au blanc le plus blanc.

Tout allait bien. Maman s'occupait de la maison, de nos leçons, de nos vêtements, de nos repas… Papa gémissait, se plaignait du froid, de la mauvaise ambiance du bureau de poste et parlait tous les jours de la Guadeloupe. Maman ne l'entendait pas, refusait de l'écouter et continuait à organiser sa vie en France, à prendre racine, comme disait papa d'un air dépité.

Quand les arbres ont perdu toutes leurs feuilles au milieu de l'hiver, papa a fait ses bagages. Tranquillement. Sous le regard de maman, qui se tenait appuyée au chambranle de la porte, les bras croisés, les cheveux défaits. Il a répété plusieurs fois qu'il ne nous abandonnait pas. Il a promis de revenir très vite nous chercher après avoir réglé ses affaires en Guadeloupe. Et puis, il nous a embrassés. Dany a pleuré. Jeff l'a supplié de rester. Et moi je les ai consolés parce que je suis la grande sœur.

Maman lui a demandé de nous oublier.

Mais il n'a pas obéi.

Nous avons reçu une lettre de lui chaque semaine. Et tous les mois, il envoyait de l'argent à maman. Quelque temps après le départ de papa, elle a trouvé un emploi dans une petite boutique de produits exotiques où elle faisait la cuisine le matin et la vendeuse l'après-midi.

*

L'enseigne du magasin était un alignement de fruits en couleurs qui formaient le mot Tropical. Le soir, M. Édouard appuyait sur un bouton et les lettres-fruits s'allumaient et clignotaient, sauf l'ananas et la banane dont les lampes sont restées longtemps grillées. À la maison, maman se plaignait d'être obligée de travailler à l'extérieur, mais lorsqu'elle était là-bas, elle souriait de toutes ses dents. Elle notait les commandes à la terrasse du Tropical et se tenait bien droite derrière les étals de fruits et légumes : mangos, cristophines*, ignames*, madères*, patates douces*,

---

* Cristophine : cucurbitacée dont la racine et le fruit sont comestibles.
* Igname : tubercule comestible.
* Madère (ou dachine) : gros tubercule comestible à la peau épaisse et noire.
* Patate douce : tubercule comestible à la peau rose foncé ou brune.

gombos*, avocats, citrons verts, pommes-cannelles*, fruits à pain*, enfin toutes ces bonnes choses que nous avions l'habitude de trouver sur notre table en Guadeloupe.

— C'est un miracle que j'ai pu dégoter ce job. Vous vous rendez pas compte de la chance que vous avez de continuer à manger comme chez nous. Du boudin chaque samedi soir, du poisson frais, du colombo de poulet... Y'en a beaucoup qui donneraient cher pour être à votre place..., disait-elle en tirant des trésors de son sac à provisions. M. Édouard est généreux avec ça. Je me sers comme au marché. Je prends tout ce qui me fait envie.

Maman oubliait d'ajouter que la plupart des produits étaient déjà un peu abîmés ou trop mous.

---

* Gombo : plante potagère à fleurs jaunes dont on consomme soit les feuilles soit les fruits.
* Pomme-cannelle (ou anone) : fruit charnu, sucré et parfumé d'un arbre des régions équatoriales ; cet arbre lui-même rappelant le pommier.
* Fruit à pain : fruit de l'arbre à pain, originaire d'Asie. Les fleurs, réunies en chatons femelles, donnent le fruit ; les fleurs mâles sont confites (totote).

Il fallait enlever des parties pourries ou germées. Mais elle arrivait toujours à leur donner une nouvelle vie et les plats à emporter invendus qu'elle ramenait étaient un vrai délice.

Au Tropical, elle préparait toutes sortes de repas : colombo* de cabri ou de poulet, court-bouillon de poisson, fricassée de lambi* ou de chatrou*, crabes farcis, acras*, boudin, tourments d'amour*, pâtés au coco, tartelettes à la banane. Avant que maman ne soit embauchée, elle était une cliente du magasin. Lorsqu'elle y allait, elle discutait toujours un petit moment avec Kathy, la femme de M. Édouard. Et puis, Kathy, qui était enceinte, a dû rester au lit sur ordre du docteur, allongée jusqu'à son accouchement, sinon elle risquait de perdre son bébé. Alors, le problème de son remplacement au

---

* Colombo : ragoût de viande ou de poisson très épicé.
* Lambi : gros mollusque qui vit dans un très beau coquillage appelé conque.
* Chatrou (ou chatou) : autre nom du poulpe.
* Acra : boulette de morue pilée ou de pulpe de légume mêlée de pâte à beignet, frite à l'huile bouillante.
* Tourment d'amour : pâtisserie fourrée à la confiture de coco.

Tropical s'est posé. Et c'est tout naturellement que maman s'est proposée. Elle a sauté sur l'occasion comme Calamity Jane sur son cheval.

— C'est un complot de femmes ou quoi ? Jeanine, vous êtes sûre de savoir de quoi on parle ? Vous savez cuisiner ?

M. Édouard parlait sans lever la tête de son étalage. Son crâne rasé luisait sous l'éclairage électrique. Il replaçait au sommet de la pyramide des pamplemousses qui, les uns après les autres, dégringolaient aussitôt.

— Mais je sais faire que ça ! a répondu maman en se tordant les doigts.

— Attention ! Attention ! On est pas en Guadeloupe ici ! Chez nous n'importe qui ouvre un restaurant. Mais… cuire à manger pour ses enfants, ça n'a rien à voir avec la restauration, s'est écrié M. Édouard en rattrapant de justesse un pamplemousse.

— Je sais bien, monsieur Édouard. Prenez-moi à l'essai ! Juste une chance ! Si je ne suis pas à la hauteur, je m'en irai. Et on sera pas fâchés pour autant.

— Vous comprenez, Jeanine, le Tropical, c'est pas un jeu, j'ai mis toutes mes économies là-dedans. Et maintenant que Kathy va me donner un petit, il faut pas que je fasse de bêtises. La vie est trop dure…

M. Édouard a tiqué. Son regard est tombé dans le mien et puis a coulissé jusqu'à Dany et Jeff qui surveillaient le Caddie à l'entrée du magasin, entre les parasols de la terrasse où des clients buvaient des jus de fruits. C'est à ce moment que la pyramide de pamplemousses s'est effondrée. En une seconde, il y en avait dans tous les coins. Maman m'a aussitôt lancé un regard qui m'ordonnait de me précipiter à la poursuite des pamplemousses. J'ai foncé tête baissée, parce que ses yeux brillaient d'une drôle de lumière, un mélange de crainte et de détresse. Sa vie et son avenir tout entier semblaient soudain dépendre de ma rapidité à ramasser les pamplemousses qui n'en finissaient plus de rouler sous les étals de fruits et légumes.

Ils n'ont pas échangé un seul mot pendant que je passais et repassais entre leurs jambes. Le temps s'était arrêté. Ils étaient identiques aux statues de cire du musée Grévin, où maman nous avait traînés le samedi d'avant. Et moi, j'étais la seule à courir et m'agiter comme une folle dans la boutique. Quand j'ai remis en place le dernier pamplemousse, M. Édouard a dit à maman :

— O.K. ! je vous prends à l'essai... Une semaine ! Vous commencez demain. Huit heures... Et c'est pas l'heure élastique comme au pays. Ici, l'heure c'est l'heure ! Après l'heure c'est plus l'heure...

Cela faisait déjà trois longs mois que papa était parti. Il envoyait de l'argent mais ce n'était pas facile. Maman disait qu'elle tirait le diable par la queue pour nous payer le nécessaire. Et voilà que le bon Dieu lui était venu en aide. Ses prières avaient été exaucées. Alors le soir, nous avons fait la fête. Elle a préparé une soupe au giraumon* et un gâteau à l'ananas. Nous avons bu le jus de goyave réservé au dimanche après-midi. Nous avons ri et chanté. Et puis, maman a

---

* Giraumon : équivalent du potiron.

envoyé précipitamment tout le monde au lit quand Dany a demandé si papa allait bientôt revenir vivre avec nous.

— Bon ! On se lève tôt demain ! Je commence une nouvelle vie. Il va falloir qu'on s'organise car je ne serai plus aussi souvent à la maison.

*

Voilà donc comment maman est devenue une femme active alors que nous l'avions toujours connue à la maison. En Guadeloupe, les jours d'école, elle nous accompagnait jusque sous le manguier où elle nous embrassait dans le cou, sur les joues et le front en nous arrachant des promesses de bon travail scolaire. Et lorsque nous nous retournions pour lui dire au revoir, elle était là, pareille à la maman de *la Petite Maison dans la prairie*. Elle nous envoyait des baisers par milliers en nous criant de ne pas lambiner sur la route à l'heure du déjeuner. À notre retour, le couvert était mis. Un repas tout chaud fumait dans les canaris posés sur la cuisinière. À la sortie des classes, à cinq heures de l'après-midi, nous savions qu'un bon goûter nous attendait. Maman venait souvent à notre rencontre. Mais c'était à chaque fois une vraie surprise, comme si nous l'avions quittée depuis des années et que nous la retrouvions enfin. Jeff la repérait toujours avant nous, même s'il y avait cinquante mamans devant le portail de l'école. Il courait pour cueillir ses baisers et garder sa main dans la sienne. On ne l'avait pas encore baptisée Calamity Jane. C'est venu après… Bien après le départ de papa.

Sa première semaine de travail au Tropical a passé comme un rêve. Maman était fière de gagner chaque jour un peu plus la confiance de M. Édouard, qui, s'il s'était montré un peu réticent à son encontre, manifestait depuis un enthousiasme débordant. Maman voulait tellement montrer qu'elle avait bien mérité sa place qu'elle ne ménageait pas ses efforts. Maman était de bonne humeur du matin au soir. Elle disait que ce qu'elle faisait là-bas n'était pas du travail mais une distraction.

Et puis Kathy a eu son bébé. Elle est restée

chez elle pour s'en occuper et M. Édouard a demandé à maman de continuer à lui donner un coup de main. Il y avait de plus en plus de travail. Et même si les lampes grillées de la banane et de l'ananas de l'enseigne n'avaient toujours pas été remplacées, la boutique attirait de nombreux clients. Maman bossait comme une dingue. Elle était debout toute la journée, courait de la cuisine aux étals de fruits et légumes, de la terrasse à la caisse.

Une année s'était écoulée depuis notre arrivée.

*

Un mercredi après-midi, je regardais un dessin animé à la télé avec Jeff et Dany. C'était l'histoire de Calamity Jane. Elle était poursuivie par des chasseurs de primes et passait son temps à attaquer des banques et galoper dans le désert et tirer des coups de revolver à tort et à travers. Elle était seule et triste. Ce soir-là, maman est rentrée très fatiguée. Elle a commencé à nous engueuler parce qu'on avait laissé des miettes partout dans la cuisine, qu'on n'avait pas fait nos lits, qu'on pensait même pas à elle qui galopait toute la journée chez M. Édouard pour ne pas devoir de l'argent au banquier qui l'avait déjà menacée de la traîner devant les tribunaux parce que – une seule petite fois ! – elle avait payé des courses avec un chèque en bois. Elle nous a traités de bons à rien et de fainéants. Pour accompagner ses paroles, elle dégainait un revolver imaginaire. Et son index, pointé sur nous, prenait réellement la forme d'un pistolet.

Le lendemain matin, Dany m'a dit qu'elle avait rêvé de maman. Elle l'avait vue galoper dans le désert, seule et triste, sur le cheval de Calamity Jane. Elle était poursuivie par des chasseurs de primes et des banquiers. Dans une main, elle tenait un chèque en bois et dans l'autre, un revolver. C'est à compter de ce jour que nous l'avons baptisée Calamity Jane. Ce n'était pas méchant. C'était juste pour conjurer le sort et masquer notre peur. Nous ne voulions surtout pas la voir semblable à Calamity Jane. Seule et triste… Et tentée de prendre la fuite et de nous abandonner à nous-mêmes comme elle le promettait parfois. De nous abandonner comme l'avait fait papa…

*

En un an nous avions eu le temps de nous faire beaucoup d'amis, surtout Jeff, que les filles adoraient. Moi, ma copine préférée s'appelait Carola. Elle était née en Corse et y allait chaque année en vacances depuis qu'elle habitait à Noisy-le-Grand avec ses parents. Son père était policier et sa mère travaillait dans une crèche. Carola vivait dans un pavillon entouré d'un beau jardin où se tenaient deux noisetiers, trois pommiers, un prunier et un sapin géant. Carola avait deux chiens et un chat angora. Elle m'avait offert Bingo.

— Non ! Non ! Non ! Pas de chien ! a crié maman en le voyant. J'ai pas d'argent pour ncurrir un chien ! Lindy, tu le fais exprès ou quoi !

— Mais maman !

— C'est toi l'aînée, t'es assez grande pour

comprendre qu'on n'a pas les moyens d'avoir un chien !

— S'il te plaît !

— C'est non ! Une fois pour toutes : NON !

Bingo avait tout juste trois mois. Avec son pelage noir et blanc, son museau rose et son minuscule bout de langue qui pendait sur un côté, il ressemblait à un chien en peluche. J'ai pris mon air désespéré en caressant sa tête. Il a remué la queue. Et le cœur de maman s'est entrouvert comme une porte aux gonds un peu rouillés. Carola m'avait prévenue que les yeux de Bingo coulaient et elle m'avait promis d'apporter des gouttes dans l'après-midi. Machinalement, j'ai essuyé le coin de l'œil de Bingo, qui a poussé un soupir de bébé et relevé la tête d'un air reconnaissant.

— Voilà un chien qui pleure, maintenant ! a gémi maman. On aura tout vu… Sa voix s'était adoucie. Et qu'est-ce qu'on va lui donner à manger, Lindy ? T'as une idée, Lindy ?

— Ben ! Il aura les restes du Tropical ! a lancé Jeff.

— Et je lui laisserai toujours mes os de poulet ! s'est écriée Dany.

C'est comme ça que Bingo est arrivé chez nous. Le soir, couché devant la porte, il attend sagement le retour de maman. Il préfère les restes du Tropical aux céréales et aux boîtes de boulettes qu'on achète en promotion au centre commercial. Il sait que maman ne l'oublie jamais.

*

Dehors, la neige avait cessé de tomber. Il commençait à faire bien noir. De rares passants se croisaient encore. Ils s'en allaient, voûtés dessous le vent, pressés de rentrer chez eux. Mis à part le ronron de la télé, l'appartement était silencieux. L'aspirateur était retourné dans son placard. La vaisselle ne tintait plus sous le jet du robinet. Le tambour de la machine à laver avait arrêté de cogner. Une bonne odeur de soupe de poisson flottait dans le couloir. Où était maman ? Devant la télé, encore à la cuisine, avec Dany et Jeff qui apprenaient leurs leçons dans la salle à manger, ou bien dans sa chambre ? Comment lui dire ce que papa m'avait écrit dans sa dernière lettre sans trahir ma promesse de silence ?

J'avais reçu la lettre le mardi et elle n'avait plus quitté mon esprit. Je l'avais lue tous les jours. Deux fois le mardi. Trois fois le mercredi. Une fois le jeudi et le vendredi. Et dix fois le samedi. Quand papa m'écrivait, il me disait combien nous lui manquions et il s'excusait toujours de nous avoir laissés en France. Il ne comprenait pas lui-même ce qui l'avait poussé à repartir si vite. Il savait pourtant, dans son cœur, qu'il avait fait le bon choix car il était en passe de trouver une solution à ses problèmes. Il voulait que maman lui pardonne. Elle ne répondait jamais à ses lettres. Il attendait un miracle !

Dans sa dernière lettre, il me confiait qu'il avait l'intention de revenir quelques jours, pour discuter avec maman, et surtout lui faire une surprise qui l'obligerait à regagner la Guadeloupe. Il me mettait dans la confidence et je n'aimais pas ça du tout. Si maman recevait des lettres de papa, elle s'intéressait davantage à celles qu'il nous envoyait. Au début, quand elle reconnaissait son écriture, elle voulait que j'ouvre la lettre devant elle et que je la lui lise. Un jour, je lui ai dit que c'était MA lettre. Elle a boudé quelque temps. Et puis, lorsque j'en ai reçu une autre, elle l'a déposée sur mon bureau, sans un mot, sans une question. Nous n'avons plus jamais abordé le sujet. Une fois, s'adressant à Dany, elle a lancé :

— J'espère que votre papa ne vous pose pas de questions sur moi… Et que vous ne racontez pas tout ce qui se passe ici… Et j'espère aussi que vous ne vous plaignez pas…

Comme d'habitude, Jeff a répondu à la place de Dany. Maman l'a écouté sans lever la tête. Il écrivait à papa une fois par mois et sa lettre n'était rien d'autre que la copie de son carnet de notes. Il disait que tout allait bien et ne répondait jamais aux questions de papa. Maman a hoché la tête et s'est remise à tresser les cheveux de Dany qui grimaçait à chaque fois que le peigne ratissait son crâne pour tracer des chemins qui se croisaient par dizaines sur sa tête. Des chemins où il n'y avait pas de fleur, pas d'arbre, pas de maison, seulement la forêt inextricable des cheveux de Dany dans lesquels s'enfonçaient le peigne et les doigts de maman.

2

J'ai tout raconté à Carola, qui est venue cet après-midi. Je lui ai même fait voir la lettre de papa. Elle a lu en cinq secondes. Et plus elle approchait de la fin, plus son sourire grandissait.

— C'est bien pour tes parents, Lindy ! Pourquoi tu fais cette tête-là ?

— Tu te rends pas compte, Carola ! J'habite avec ma mère ! Je la vois tous les jours… Tu crois que je pourrai la regarder en face ! Elle me connaît par cœur. Si je lui dis pas…

— Tu lui diras rien. Promets-le moi !

— Mais je sais pas mentir !

— Mais tu mens pas ! Tu gardes un secret…

Carola est ma meilleure amie. Mais elle a un très gros défaut. Elle ment comme elle respire. Et dès qu'on aborde le sujet on se trouve sur deux planètes très éloignées l'une de l'autre.

— Pour moi c'est pareil, Carola…

Nous sommes censées réviser nos maths. Le professeur nous a annoncé un contrôle lundi matin, à la première heure. Mais d'autres choses plus importantes nous écartent toujours de nos livres et de nos cahiers grands ouverts devant nous. Les théorèmes et les équations se mêlent alors à toutes sortes de pensées qui n'ont rien à voir avec le cours de maths. D'abord, Carola m'a parlé de son envie de se percer les oreilles et de se faire faire un tatouage. Elle a enchaîné sur son correspondant américain à qui elle écrit en anglais et qui est soi-disant l'amour de sa vie. Soi-disant parce qu'elle aime un peu beaucoup Mickaël, un garçon de quatrième, qui ne le sait pas encore. Puis elle a commencé à se plaindre de sa mère, qui l'engueule à cause de sa chambre mal rangée. J'ai aussi appris que son père vient d'arrêter le chef d'une bande de braqueurs, les arracheurs de sacs des vieilles grands-mères de la cité des Pruniers. Elle m'a fait admirer sa nouvelle paire de Reebok dont elle a tant rêvé et que sa mère a achetée. Moi, je lui ai donné le nom de la crème qui fait disparaître l'acné en deux semaines. Je lui ai demandé si elle n'a pas remarqué comment Frédéric, un garçon de notre classe, me tourne autour depuis quelques jours. Et puis, je lui ai montré la lettre de papa…

Nous sommes amies depuis le premier jour. Nous avons été attirées l'une par l'autre d'une manière mystérieuse. Et nous nous sommes trouvées par la suite de nombreux points communs. Nous venons toutes les deux d'une île. Nous habitons la même ville. Nous avons exactement le même sac à dos. Nous aimons chanter. Et le plus extraordinaire, nous voulons devenir hôtesses de l'air. Alors, les récréations sont trop courtes et il nous faut ruser afin de trouver du temps pour nous raconter nos petits malheurs et nos grands rêves.

Carola doit aller en Corse pour les vacances de Noël. Sa mère l'a menacée de la priver du voyage si elle n'a pas de meilleures notes et si elle ne s'efforce pas de garder sa chambre propre. Elle m'a dit qu'elle fait semblant d'être terrorisée à cette idée. En vérité, elle ne croit pas du tout que sa mère aura le courage de la laisser seule à Noisy. Quand elle sera grande, elle partira de chez elle, ira vivre en Amérique avec son correspondant qui a quinze ans ! « Presque seize », dit-elle en plissant les yeux. Tim l'appelle *Sweety* et Carola est aux anges lorsqu'elle reçoit une lettre de New York.

La journée du dimanche a passé à une vitesse incroyable. Maman trouve que Carola est une bonne fréquentation. Alors, elle nous chouchoute. Elle ne nous dérange jamais lorsque nous sommes devant nos livres et nos cahiers. Elle frappe deux petits coups à la porte de ma chambre, ce qui nous laisse le temps de nous redresser sur nos chaises, d'improviser une discussion sur un problème mathématique et d'adopter l'air concentré des élèves de classe terminale en train de réviser leur bac. Dany sait tenir sa langue. Maman entre sans un mot, dépose à côté de nous des verres de jus de fruits et du gâteau sur un plateau. Et repart discrètement. Quand Carola est à la maison, maman ne crie jamais.

Je l'ai raccompagnée chez elle avec Dany.

Nous en avons profité pour sortir Bingo. La nuit était tombée mais, dans la lumière du réverbère, le grand soleil jaune sur l'immeuble continuait de briller comme si c'était l'été. La neige recouvrait tout. Nos pieds s'enfonçaient dans la neige qui s'écrasait sous les semelles de nos bottes. L'air était sec et un petit vent sifflait sa chanson à nos oreilles. Mon arbre ressemblait à une momie égyptienne, mais je n'étais pas inquiète, je savais qu'après l'hiver le printemps reviendrait l'habiller de feuillage.

Pendant que Bingo cherchait un coin tranquille en reniflant partout, Carola m'a dit :

— Ne sois pas triste, Lindy ! Si tu veux, je te ferai avoir un correspondant américain. Qu'est-ce que t'en penses ? Comme ça tu pourras lui raconter tes malheurs, les problèmes avec tes parents. Peut-être que vous allez tomber amoureux comme Tim et moi… Et peut-être qu'on ira toutes les deux vivre en Amérique ! Tu sais, Tim habite une île comme nous, au milieu de la ville. Une île qui s'appelle Manhattan.

Je lui ai dit d'arrêter de mentir et de rêver.

Dany s'est mise à rire. Mais Carola avait l'air très sérieux des jours où sa moyenne commence à descendre en dessous de la barre fatidique du C. Nous nous sommes dit au revoir devant la grille du pavillon de ses parents. Derrière les rideaux, la télé allumée inondait le salon d'une lumière bleue. Carola a sonné. La porte s'est ouverte aussitôt et la silhouette de sa mère, sombre sur le fond bleu, est apparue un instant. J'aime bien la maman de Carola. Elle est comme Calamity Jane…

À quoi pensent les mamans lorsqu'elles ne sont pas en train d'engueuler leurs enfants, faire réciter les leçons, préparer les repas, repasser ou laver le linge ? Est-ce qu'elles rêvent ? Est-ce qu'elles pleurent ? Est-ce qu'elles ne se fatiguent jamais d'être des mamans ?

Quand nous sommes rentrées à la maison, maman avait le sourire. Elle était en train de plier du linge tout en regardant la télé. Jeff était couché à ses pieds sur la moquette avec son coussin fétiche. On repassait *Romuald et Juliette* avec Firmine Richard et Daniel Auteuil. Maman a déjà vu le film trois fois, mais les personnages la rendent toujours heureuse. À chaque fois, elle sourit et rit comme si elle découvrait l'histoire pour la première fois. Dany voulait regarder un film sur une autre chaîne avec Eddie Murphy, elle a boudé un peu et puis s'est laissé prendre au jeu des acteurs. Moi, je me suis assise à côté de maman et nous avons commenté toutes les scènes comme si Juliette était quelqu'un de notre famille.

À la fin du film, maman a soupiré en se levant :

— Vous voyez tout ce qu'une maman fait pour ses enfants ! On doit toujours aimer sa maman et lui faire confiance. Faut pas mentir ou cacher des choses ! Même si on croit qu'elle est trop sévère, il faut penser qu'elle agit pour le bien de ses enfants !

La lettre de papa m'était complètement sortie de la tête pendant les aventures de Juliette. Nos regards se sont croisés un instant et j'ai mordu ma lèvre pour tenir ma bouche bien fermée, ne pas lui révéler le secret de papa.

— Oh ! t'as des petits yeux, Lindy ! Il faut aller au lit ! Demain est un autre jour…

J'ai filé dans ma chambre sans demander mon reste.

*

Ce matin, lorsque nous sommes descendus, Carola nous attendait à l'entrée de l'immeuble. Elle sautait d'un pied sur l'autre, juste sous la fresque. Avec son manteau jaune, elle ressemblait à un rayon décroché du soleil. Maman nous a dit au revoir et s'en est allée vers le Tropical. Nous avons pris la direction inverse. J'ai commencé à parler du contrôle de maths, mais Carola m'a aussitôt coupé la parole. Elle s'était maquillé les yeux et ses cils passés au mascara semblaient lourds à porter.

— Attends ! J'ai l'adresse !

— Quelle adresse ?

— L'adresse d'un A-mé-ri-cain !

Elle était très fière d'elle-même et s'attendait à ce que je tombe dans les pommes. Mais j'avais l'esprit occupé par un tas d'exercices de maths. Alors, j'ai à peine réagi.

— Ah ! Un Américain…

— T'es pas contente, Lindy ? Un Américain ! J'ai pas arrêté de penser à ça toute la soirée. Je voulais même envoyer un e-mail à Tim. Et puis !… Le déclic ! Je me suis souvenue qu'il y a longtemps de ça, Tim m'avait donné l'adresse d'un de ses copains qui voulait correspondre avec une Française. Un de ses copains de classe à Manhattan. Lindy, je me suis couchée à minuit. J'ai cherché pendant des heures. C'était dans une des premières lettres de Tim. Quand je l'ai retrouvée, je me suis retenue pour ne pas t'appeler tout de suite…

— C'est vrai, tu as l'adresse ?

Je n'y croyais qu'à demi à cause de l'habitude qu'avait Carola de toujours mentir pour se rendre intéressante.

— Ouais, au chaud dans ma trousse.

Nous n'avons plus parlé jusqu'à l'école de Dany et Jeff.

— Tu vas lui écrire, hein ! m'a demandé Carola aussitôt que nous nous sommes retrouvées seules.

— Je sais pas… Il a quel âge ? Comment il s'appelle ? T'es sûre que tu l'as pas inventé ?

— Je te jure que c'est la VRAIE vérité, Lindy ! Il a quinze ans comme Tim… Il s'appelle Andrew. Tu nous imagines à New York, sur l'île de Manhattan. Le rêve !

Elle disait ça en ouvrant de grands yeux.

Non, je ne m'imaginais pas du tout à New York. Je n'imaginais pas le moins du monde cette île de rêve en plein cœur de New York. Elle n'existait sûrement que dans la tête de Carola qui me prenait pour une demeurée. New York, pour moi, c'était la série américaine *New York Police Blues*. Des meurtres, des crimes et des assassinats à longueur de journée. Derrière les fenêtres d'immeubles sales, des fous armés de fusils démontables. New York, c'était des milliers de voitures, des taxis jaunes, des gratte-ciel et la pollution… Maman, Jeff et Dany ne rataient pas un seul épisode de la série. À chaque fois, j'essayais de comprendre ce qui leur plaisait tant. Je n'avais jamais de réponse. Ça se terminait toujours en queue de poisson frit. Par contre, j'imaginais très bien la Corse. Carola m'avait montré les photos de ses dernières vacances. On la voyait en maillot de bain sur une plage en train de manger une énorme glace rose, et puis en short près d'un cabri, en robe à fleurs à côté de ses grands-parents. La Corse ressemblait par sa forme et ses paysages à la Guadeloupe, la Martinique ou la Dominique. Une île de la mer Caraïbe qui se serait déplacée lentement pendant des milliers d'années pour aller à la rencontre de la France.

— Alors, à quoi tu penses, Lindy ?

— Je ne sais pas si je dois te croire et c'est bien dommage.

— Je te jure que c'est vrai ! Juré !

— On va demander au prof d'histoire-géo…

Furieuse, les larmes aux yeux, Carola avait lâché son sac, ouvert rageusement sa trousse et m'avait tendu un bout de papier dégoûtant.

— Tiens, c'est l'adresse de Andrew. T'en fais ce que tu veux.

Le mascara commençait à dégouliner autour de ses yeux.

— Ne pleure pas, Caro ! Je te crois. Je vais

rien demander au prof. Allez, arrête de pleurer !
Essuie tes yeux ! Ton maquillage est en train de
partir.

Carola avait le don de nous mettre dans des
situations embarrassantes. Nous étions au milieu
de la cour. Et j'avais l'impression que tout le
monde nous regardait. J'étais comme maman,
certains jours au centre commercial, quand elle
ne savait pas quoi faire de Dany qui trépignait
pour un jeu ou une poupée. J'avais honte d'être
avec Carola qui se donnait en spectacle devant les
élèves du collège.

— Tu vas lui écrire, hein ! Ce soir !

— Je sais pas encore… Je verrai si j'ai le
temps…

— Tu pourras tout lui raconter ! s'écria
Carola en guise de conclusion. C'est connu dans
le monde entier, les correspondants deviennent
toujours des amis. Et il y en a beaucoup qui se
marient quand ils se rencontrent.

Andrew, le nom de mon correspondant (mon
futur mari, selon Miss C.) était sorti comme un
lapin blanc de la trousse de Carola à qui je n'avais

en fin de compte rien demandé. Je voulais bien lui écrire, pour exercer mon anglais. Mais je n'allais certainement pas lui raconter mes histoires de famille et encore moins tomber amoureuse de lui. Pendant la nuit, un gros bouton avait poussé sur mon nez et je ne pensais qu'à une seule chose : le moyen de le faire disparaître au plus vite avec la crème super efficace que j'avais vue dans *Girl*. Un gros bouton qui faisait une bosse sur mon nez, une horrible corne de rhinocéros.

*

M. Carmille, notre professeur de mathématiques, nous a demandé de fermer nos livres et nos cahiers, de prendre une grande feuille double, et de nous taire. Il a commencé à distribuer les exercices, passant entre les bureaux d'un air lugubre.

— Vous avez une heure ! Et pas de messe basse. Je colle zéro au premier que je prends en train de parler entre ses dents ! Vous verrez, c'est facile !

Un silence de mort est tombé dans la classe. Quelques regards se sont tournés vers Hamidou, qui esquissait déjà un sourire de boxeur imbattable.

Dans notre classe, la cinquième 7, les élèves ont entre douze et quatorze ans. Carola et moi sommes parmi les plus jeunes. On se débrouille comme on peut, mais les maths font plonger nos moyennes. En général, je perds un temps fou avant de me concentrer sur mes contrôles. Ma tête est toujours pleine de questions urgentes à régler. Et aujourd'hui, en plus des problèmes habituels, il y avait la lettre de papa, cette histoire de correspondant et ma corne de rhinocéros… Pour la lettre, j'ai décidé de tout dire à maman à condition qu'elle garde le secret. Pour le bouton, je me suis promis de ne pas le triturer comme je le fais à chaque fois et surtout d'acheter la crème magique. Pour le correspondant, ça ne me coûtait rien d'essayer.

Quand je me suis penchée sur le contrôle, ça m'a donné le vertige. Il y avait des centaines de chiffres, de signes et de parenthèses. J'ai pris mon courage à deux mains et je me suis jetée dans la bataille. J'ai relevé la tête au moment où M. Carmille regardait sa montre.

— Restent dix minutes ! Profitez-en pour vous relire.

*

M. Carmille vit à la cité des Pruniers. On le rencontre parfois au centre commercial. Il connaît maman parce qu'il fait ses courses chaque samedi au Tropical. Il adore la cuisine antillaise, surtout le boudin qu'il mange tout chaud à la terrasse, sous un parasol. Il a enseigné pendant quelques années à la Martinique. Parfois, il dit des petites phrases en créole. Et il se met à rire tout seul en regardant la mine surprise des Antillais qui s'étonnent d'entendre des mots créoles dans la bouche d'un métropolitain. Un jour, il a raconté à maman que la Martinique lui manquait. Il habite en France pour être près de sa vieille mère qui est malade mais, si cela dépendait de lui, il prendrait le premier avion en partance pour la Martinique. M. Carmille est très grand, très imposant. Un vrai géant ! Il porte toujours la même veste marron en velours côtelé sur des chemises à carreaux aux manches trop courtes. Il a trois pantalons, tous en velours : un vert, un noir et un gris. Ses sourcils sont en pagaille au-dessus de deux petits yeux noirs de rat. Des poils sortent de son nez. Il ressemble à un ogre dévoreur d'enfants, mais il ne ferait pas de mal à une mouche. Lorsqu'il nous explique une leçon, il commence toujours par dire : « Écoutez, c'est très simple… » On y croit un moment, à la simplicité des chiffres – pas plus de deux à trois minutes… On s'accroche. On essaie d'entrer dans les parenthèses avant qu'elles ne se referment. On ouvre toutes grandes nos oreilles comme il nous le recommande. « Vous me suivez ? » On le suit. On soustrait. On additionne et on divise. On pose le pied avec précaution sur des sables mouvants. Puis on commence à s'enfoncer, à se débattre. Quand le cours de maths devient un cours de langue étrangère, je m'envole comme un oiseau. Je plane dans la salle au-dessus de la tête de M. Carmille. Je plante mon bec dans ses cheveux ébouriffés. « Alors, vous avez bien compris ? » demande M. Carmille. Trois élèves, toujours les mêmes, répondent pour toute la classe : Hamidou, Steeve et Michaela. Les autres tiennent leur tête à deux mains en attendant l'heure avec des airs désespérés ou bien dessinent des personnages de B.D. dans un coin de leur cahier. Parfois, M. Carmille me tire de ma rêverie et je sursaute en entendant mon nom : « Lindy, au tableau ! » Étant donné que maman lui a dit de bien s'occuper de moi, il m'a à l'œil. « Tu as compris la leçon, c'est simple, non ? » Je lui dis oui pour ne pas le décevoir mais je reste bête devant le tableau, avec l'envie de me gratter la tête. Je ne peux plus bouger. Je ne commande plus mes bras. Mes mains se crispent et la craie finit par se briser entre mes doigts. J'aimerais bien lui faire plaisir, au moins une fois… « Vas-y ! me souffle M. Carmille. Tu peux y arriver, c'est simple comme bonjour ! » Alors, dans ma tête, les bonjours s'enchaînent sur tous les tons, dans tous les accents. Bonjour ! Bonjour ! Bonjour-bonjour !

Bon-jour ! B'jour ! BONJOUR ! Bonbon-jour !
Bonnejour ! Heureusement la sirène retentit. Je
me réveille et je dis au revoir à M. Carmille.

*

— Alors ! Tu vas écrire à Andrew ? m'a lancé
Carola en jetant son sac à dos sur son épaule.

Nous sortions à peine du contrôle de maths
et elle reprenait la conversation comme s'il n'y
avait pas eu cette heure où il nous avait fallu gra-
vir ces trois montagnes de chiffres.

— Carola, tu as réussi combien d'exercices ?

— J'ai tout fait ! Mais je sais pas si c'est
bon. Si j'ai C, ça sera miraculeux !... Alors, tu es
décidée ?

— O.K. ! O.K. ! Je vais lui écrire... Comme
dit ma mère : « Quand t'as une idée dans la tête,
tu l'as pas aux pieds ! »

— Ce soir, hein ! On postera la lettre
demain...

À la récréation, j'ai montré ma feuille de
brouillon à Hamidou, qui m'a dévisagée comme

si j'étais une extraterrestre. Ses yeux louchaient sur mon nez boutonneux qui avait certainement triplé de volume.

— Où est-ce que tu es allée chercher tout ça, Lindy ?

— Dis-moi seulement si j'ai des bonnes réponses et arrête de me regarder comme ça !

— Ma parole, t'es allée pêcher ça sur la planète Mars !

Hamidou est sénégalais. Nous habitons le même immeuble. C'est un génie des maths, la fierté de M. Carmille qui le cite en exemple à tous les conseils de classe. À chaque fois que je vais chez lui, je pense à un contrôle raté et je me promets de demander à Hamidou de m'expliquer le minimum vital mathématique. Au lieu de ça, je préfère composer des chansons, écouter de la musique et chanter. Carola et moi sommes les choristes du groupe qu'a créé Hamidou avec deux autres copains.

— Bien, tu as cinq bonnes réponses... Mais tu as fait un drôle de détour. C'était plus simple de résoudre d'abord...

— D'accord ! D'accord !

Ouf ! Cinq bonnes réponses !

— …

Je l'ai planté là et j'ai rejoint Carola qui faisait admirer ses Reebok à Christelle et à Amandine.

— C'est Tim qui me les a envoyées. Elles viennent de New York !

— Ah ! Bon. Ah ! Bon… C'est drôle j'ai vu les mêmes chez Athlète Foot ! s'est étonnée Amandine.

— Peut-être, mais celles-là, elles arrivent directement de New York !

Pourquoi Carola se sentait-elle toujours obligée de mentir ?

*

Au centre commercial, Noël était partout, dans tous les rayons, toutes les vitrines, tous les chariots. La galerie marchande s'était transformée en palais. Des ballons en forme de pères Noël souriants et bedonnants se reflétaient dans les grands miroirs qui les multipliaient à l'infini. On avait suspendu des grappes de boules rouge et or aux structures métalliques. Des sapins habillés de guirlandes et recouverts de fausse neige faisaient le guet à l'entrée des magasins. Et il y avait des paquets enrubannés partout où le regard se posait. Au Tropical, c'était magique ! Les fruits de l'enseigne étincelaient. On avait remplacé les ampoules grillées de la banane et de l'ananas. Perchée sur un escabeau, maman accrochait des guirlandes que M. Édouard tirait d'un grand sac. Derrière la caisse, Kathy souriait en regardant son bébé endormi dans son couffin installé sur deux chaises.

Lorsque maman nous a vues à l'entrée du magasin, elle a fait un petit signe de la main. Elle portait un tablier madras sur sa robe rouge en laine. Elle était toute gaie et paraissait très jeune.

— Alors les filles ! Qu'est-ce que vous faites ici ? Vous n'êtes pas rentrées directement ?

— Je suis venue chercher l'argent pour acheter la crème contre l'acné…

— Ah ! Oui, attends une minute. Je descends.

— C'est drôlement bien décoré ! s'est écriée Carola en ouvrant grand les yeux. C'est vous qui avez fait tout ça ?

Personne n'a répondu, mais ils avaient de grands sourires et semblaient d'un coup gonflés d'une fierté neuve, de celle que je voyais habituellement dans le regard de Jeff ou de Dany lorsqu'ils étaient complimentés. Kathy nous a offert du sucre à coco*. M. Édouard a tiré un billet de cinquante francs de sa caisse. « À partager ! » a-t-il lancé. Maman m'a donné l'argent. Après les mercis, nous les avons quittés sans nous retourner.

*

J'en avais fini avec la première chose importante : garnir d'une épaisse couche de crème le bout de mon nez pour réduire à néant la corne de rhinocéros. J'espérais bien qu'à mon réveil, le lendemain matin, elle aurait disparu comme par

---

* Sucre à coco : confiserie au coco et au sucre de canne.

enchantement. Je ne me faisais pas trop d'illusions. Mais après tout, il n'était que six heures du soir. La crème avait douze heures pour agir !

L'adresse de l'Américain bien en vue, mon dictionnaire anglais-français à portée de main, mon stylo entre les dents, je cherchais mes mots. Écrire à quelqu'un qu'on connaît n'est pas trop difficile. Avec papa ça allait tout seul. Écrire dans une langue qu'on apprend depuis à peine deux ans compliquait l'entreprise. Qu'est-ce que j'allais bien pouvoir raconter à Andrew ? Sûrement pas mes problèmes de bouton ! Encore moins le secret de papa !...

Écrire en anglais faisait immanquablement surgir le visage de mon prof d'anglais du milieu de la page blanche : Mlle Benguigui...

Elle était toute petite. Elle avait une coupe de cheveux à la Mireille Mathieu. Lorsqu'elle marchait dans les couloirs du collège à côté de M. Carmille – qu'on disait amoureux d'elle –, la vie s'arrêtait sur leur passage. Nous cessions de mâcher nos chewing-gums. Nos conversations restaient en suspens. Tous les regards étaient braqués sur eux. Elle ne le quittait pas des yeux, ce qui l'obligeait à garder la tête levée vers lui. Elle portait des talons très très très hauts. M. Carmille semblait alors embarrassé par sa taille de géant. Il essayait de se faire plus petit. Il se tassait sur lui-même. On avait l'impression que ses genoux étaient cassés car il ne dépliait pas ses jambes dans toute leur longueur. Il se penchait tellement du côté de Mlle Benguigui pour mieux entendre ses paroles qu'on aurait dit la tour de Pise prête à tomber sur une pauvre femme inconsciente du danger et qui continuait à sourire, parler et marcher comme si de rien n'était.

Mlle Benguigui nous répétait tous les jours qu'elle avait la patience d'un ange et que nous n'arriverions pas à la dégoûter de son métier. Elle jurait qu'elle ferait de nous des cracks en anglais. Elle disait en appuyant sur chaque mot :

— Votre chance passe maintenant ! Attrapez-la ! Apprenez vos verbes irréguliers ! Lisez les revues que je vous prête ! Ne faites pas semblant de travailler, vous le regretterez plus tard !

« I am
You are
He, she, it is
We are
You are
They are. »

J'aimais beaucoup Mlle Benguigui. C'était mon prof préféré. Elle était juste et ne faisait pas de préférence. Mes notes d'anglais remontaient ma moyenne. Avec elle j'avais toujours des A. Elle essayait d'aider les plus faibles et ne flattait pas les plus forts.

— Tout le monde doit parler ! Allez ! Faites comme si vous étiez dans la cour de récréation, chez vous avec vos frères et sœurs, vos amis ! *Speak english ! Please !*

*

« Dear Andrew,
My name is Lindy. I'm a friend of Carola.
We are in the same school.
I'm twelve.

*I live at Noisy-le-Grand, near Paris, with my
mother Jeanine,
my brother Jeff and my sister Dany.
I like dogs. I have a dog named Bingo.
Carola is my best friend. I know her since
one year.
I hope you want to write me.
Lindy.* »*

J'étais en train de relire la lettre destinée à
Andrew quand j'ai entendu la clé dans la porte
d'entrée. Il était neuf heures, c'était maman.
Bingo lui avait dit bonsoir et elle avait versé les
restes du Tropical dans son écuelle. Je n'avais pas
encore commencé à apprendre mes leçons. Je
réfléchissais à la manière d'aborder maman afin
de lui révéler le secret de papa lorsque mon nom
a traversé l'appartement.

---

* Cher Andrew, je m'appelle Lindy. Je suis une amie de Carola.
Nous sommes dans la même école. J'ai douze ans. J'habite à
Noisy-le-Grand, près de Paris, avec ma mère Jeanine, mon frère
Jeff et ma sœur Dany. J'aime les chiens. J'ai un chien qui
s'appelle Bingo. Carola est ma meilleure amie. Je la connais
depuis un an. J'espère que tu voudras bien m'écrire.

— Linnndy !

Calamity Jane était de retour. Je me suis précipitée à la cuisine. Jeff était en train de déballer les courses, Dany mangeait un yaourt et maman enfournait des parts de tarte à la morue. Elle m'a regardée d'un drôle d'air et puis s'est mise à rire.

— Qu'est-ce que t'as sur le nez, Lindy ?

— Eh ben ! C'est ma crème contre l'acné…

— Mais pourquoi t'en as mis une tonne ?

— Une tonne ! a répété Jeff.

Je l'aurais étranglé.

— Elle a un énorme bouton et elle croit qu'il va disparaître pendant la nuit. Elle veut être belle parce qu'elle est amoureuse ! a enchaîné Dany.

— Amoureuse ! s'est exclamée maman.

— Amoureuse ! a susurré Jeff, en faisant celui qui vomissait de dégoût.

— Elle a deux amoureux ! Un en Amérique et un autre au collège ! Deux ! Pas un ! Deux ! ! ! Tu te rends compte, maman ! s'est écriée Dany en lançant sa petite cuillère dans l'évier.

— Qu'est-ce que tu racontes, Dany ?

J'étais suffoquée. Je n'en croyais pas mes oreilles.

— Elle peut pas inventer tout ça, quand même ! Alors, Lindy ?

Maman s'est assise, m'a regardée des pieds à la tête comme si j'avais poussé en une nuit, comme si elle ne me reconnaissait pas.

— Maman, n'écoute pas les inventions de Dany ! Elle comprend tout de travers. La vérité, c'est que Carola m'a donné l'adresse d'un Américain. On va correspondre pour que je sois bonne en anglais. Et le garçon du collège, c'est rien… Pourquoi Dany ne dit pas que je suis amoureuse de tous les garçons de ma classe pendant qu'elle y est, et du groupe d'Hamidou et des grands du lycée ?

— Faut penser à tes études, Lindy. Pour l'amour tu verras après.

— Mais je sais bien, maman !

J'étais très en colère contre Dany. Je l'ai fusillée du regard mais elle a continué à raconter ses salades.

— Carola a dit qu'elle va se marier avec son

Américain et qu'elle ira habiter en Amérique. Dis que c'est pas vrai !

— Je suis pas une menteuse.

*

Quand j'ai frappé à la porte de la chambre de maman, vers les onze heures du soir, mon cœur battait très fort. J'avais une main derrière le dos. La lettre de papa me brûlait les doigts.

— Qui est là ? a demandé maman.

— C'est Lindy !

— T'es pas encore couchée à cette heure ! Qu'est-ce que tu veux ?

— Je peux entrer, maman ? J'ai quelque chose à te dire.

— Allez, entre ! Mais pas longtemps…

Maman avait déjà installé tous ses bigoudis sur sa tête. Elle portait un grand T-shirt délavé sur un jogging vert qui avait des trous aux genoux.

— Je suis morte de fatigue. Qu'est-ce qu'il y a de si urgent à cette heure ? T'as fini d'apprendre tes leçons ? T'as fait des bêtises au collège ? Je suis convoquée ?

Est-ce que la vraie Calamity Jane avait le temps de mettre des bigoudis chaque soir pour être bien coiffée le lendemain avant d'aller braquer les banques ? Sûrement pas !

— Alors ! C'est quoi ? T'as perdu la parole…

Je lui ai tendu la lettre et j'ai attendu. Une, deux, trois minutes qui se sont étirées comme des heures.

Calamity Jane portait des pantalons troués ?

Je crois.

Est-ce qu'elle dormait avec un revolver ou sa carabine Winchester sous son oreiller ?

La légende était formelle !

Dans la chambre de maman, les fleurs du papier peint étaient plus larges que dans les autres pièces. Elles ouvraient de grands pétales roses dans un fouillis de feuillage vert sur fond blanc. Le lit occupait toute la place. Et le couvre-lit rose, assorti au papier peint, qu'elle avait acheté quand papa vivait encore avec nous, était jonché de factures, de relevés de compte, de bordereaux, de fiches de paye, de billets de banque…

Est-ce que Calamity Jane faisait ses comptes au bout de ces journées où elle galopait de ville en ville, de banque en banque, poursuivie par des chasseurs de primes, seule et triste sur son cheval ?

— Ton papa est un incorrigible rêveur ! Il t'a tout raconté. Tu comprends bien que ses frères ne lui laisseront jamais la maison. Je l'ai suivi ici, Lindy ! J'ai tout abandonné au pays. Quand ton papa est reparti, j'ai trouvé un travail ! C'était son idée, la France ! Pas la mienne ! Je ne crois pas que ses frères lui permettront de profiter seul de ce qu'ils appellent leur héritage. Ils préféreront vendre à des étrangers ! Il dit qu'il me fera la surprise ! J'attends… J'attends, Lindy ! Quand je verrai les titres de propriété à son nom, je croirai son histoire.

Maman avait parlé d'une traite et, gagnée par la colère, s'était redressée au fur et à mesure. Son index s'était transformé en carabine Winchester. Et son visage, qui s'était durci, ressemblait à un masque de pierre. Elle était à bout de souffle et s'écroula brutalement sur les factures et les relevés de compte.

Nous sommes restées un moment sans prononcer un mot. Lorsqu'elle a levé les yeux sur moi, elle a dû voir mon désarroi.

— Maman, tu lui diras pas que je t'ai montré sa lettre ?

— Je n'écris pas à ton père ! Je ne réponds pas à ses lettres !

— Mais pourquoi ?

— Viens t'asseoir là, Lindy. Et dis-moi, la Guadeloupe te manque ? Si par miracle ton papa réussit à récupérer la maison, tu voudras retourner là-bas ? Sa voix s'était radoucie.

— Bien sûr que oui, maman… C'est pas que j'aime pas la France. J'ai de bons amis ici… Mais c'est pas pareil… Je préfère habiter en Guadeloupe. J'aime bien voyager. Quand je serai hôtesse de l'air je reviendrai de temps en temps voir mes amis… Tu comprends…

Maman m'avait écoutée sans sourciller. Son regard était plein d'images et ses yeux brillaient comme si elle allait pleurer.

— On va retourner en Guadeloupe, Lindy. Dès que ton papa me le demandera, on fera nos paquets. Moi aussi j'ai envie de retrouver ma vie là-bas… C'est bien de m'avoir montré la lettre, Lindy.

*

Cette nuit-là, j'ai dormi mieux qu'une princesse de Monaco dans son palais d'or, de marbre et de cristal. D'abord, mes rêves m'ont posée dans l'avion d'une compagnie américaine. Je portais mon uniforme d'hôtesse. Je marchais sur des hauts talons dans les couloirs de l'avion en distribuant des sourires aux passagers. Derrière les hublots, les nuages filaient à toute allure. J'étais maquillée comme une star hollywoodienne et coiffée d'un chignon impeccable. Je parlais anglais à une dame quand mon regard a croisé celui d'une passagère qui voyageait avec son mari et ses trois enfants. C'était ma mère ! Le temps que je me précipite, elle avait disparu. Je me suis alors retrouvée dans une grande maison au toit vert. Papa faisait le guide. Maman marchait à côté de lui. Jeff, Dany et moi les suivions comme des petits canards bien sages.

3

La première lettre de mon correspondant américain est arrivée le 2 janvier. Je m'en souviens parfaitement car nous guettions tous les jours le passage du facteur. Chacun pour une raison différente…

Les fêtes avaient été teintées de tristesse.

Une tristesse qui ne montrait pas son visage, mais apparaissait dans l'ombre du sapin de Noël projetée sur le mur tapissé de fleurs, dans les boules rouges aux reflets d'or, dans les cadeaux enrubannés.

Une drôle de tristesse qui ne se nommait pas mais habitait nos cœurs. Maman s'était pourtant surpassée. Elle était restée à la cuisine toute la journée pour préparer le repas traditionnel de Noël. Je l'avais aidée de mon mieux en épluchant des oignons, de l'ail et en lavant au fur et à mesure les casseroles, les canaris et les couteaux, les louches et les cuillères qu'elle utilisait comme un chirurgien en salle d'opération avec, dans le geste, une assurance qui me laissait admirative. Elle était appliquée, concentrée sur ses recettes, épiant la cuisson des viandes, goûtant et ajoutant une pincée de sel, un jus de citron, deux branches de thym, une tasse d'eau. Parfois, elle oubliait ma présence et elle se mettait à fredonner une vieille chanson créole. Ses yeux s'embuaient d'un seul coup de larmes. Alors, pour se revigorer, elle frottait ses mains dans son tablier madras et me disait :

— Ah ! On va se régaler ce soir, Lindy ! Ta maman prépare un vrai festin ! T'es contente, hein ! Moi, je veux que tout le monde soit content aujourd'hui ! T'es contente, hein !

Je ne répondais pas car, en vérité, maman n'attendait pas de réponse. Elle se parlait à elle-même. Depuis que je lui avais montré la lettre de papa, elle avait changé du tout au tout. Elle ne m'en avait rien dit mais je devinais que papa avait repris place dans son cœur. Et ça la rendait heureuse et malheureuse en même temps. Elle espérait retrouver sa maison et voyait de nouveau la Guadeloupe à l'horizon de ses rêves. Parfois, son regard était perdu dans la contemplation d'un autre monde. Elle pensait si fort à papa que je sentais sa présence parmi nous.

— Goûte, Lindy ! Qu'est-ce que t'en dis ?

Elle attendait mon verdict en souriant sous ses bigoudis alignés bien sages et tranquilles sous le filet bleu. J'ai passé mon doigt dans la cuillère de chaudeau*. Un vrai délice qui accompagnerait le pain doux au dessert.

— Hum ! C'est bon comme j'aime !

— Tu dis ça pour me faire plaisir…

— Donne-moi la casserole et je mange tout devant toi si tu ne me crois pas !

Maman a souri et fait mine de chercher un endroit où cacher la casserole de chaudeau. C'était un de nos jeux en Guadeloupe. Nous n'y avions plus joué depuis notre arrivée en France. Maman s'est assise et je l'ai embrassée dans le cou. Et puis, en silence, nous avons repris la préparation du dîner.

* Chaudeau : entremets parfumé à la vanille et à la cannelle.

*

Kathy et M. Édouard étaient nos invités. Alors, maman voulait réussir sa fête. L'appar-tement embaumait. Les pétales des petites fleurs du papier peint s'étaient transformés en robes du soir. Jeff avait traqué la poussière avec l'aspirateur. Dany avait ciré les meubles. Et j'avais repassé l'immense nappe blanche en dentelle qu'on n'avait jamais ressortie depuis le jour de ma communion solennelle en Guadeloupe. C'était Noël ! Il fallait se réjouir, rire et chanter… Et surtout ne pas penser à papa qui était si loin de nous. Surtout ne pas prononcer son nom pour ne pas faire de peine à maman… Surtout ne pas avoir le cœur pincé en songeant aux Noël d'autrefois en Guadeloupe…

— On va bien manger et chanter ce soir ! C'est Noël ! répétait maman en nous entraînant à danser sur les airs d'un disque qu'elle avait acheté au centre commercial.

Le groupe reprenait les *chanté Nwel* traditionnels et Jeff – notre disc-jockey – l'avait remis cent fois dans la mini-chaîne.

« *Michaud veillait*
Michaud veillait
La nuit dans sa chaumière
Près du hameau
Près du hameau
En gardant son troupeau…

Je vois, je vois
Je vois, je vois
Je vois, je vois
L'étoile du berger…

Joseph, mon cher fidèle…
Cherchons un logement
Le temps presse
et appelle à mon accouchement… »

Quelques minutes avant que Kathy et M. Édouard sonnent à la porte, maman était au bord de la crise de nerfs. Elle ne chantait plus, ne dansait plus et Dany ressemblait à une poupée de chiffon entre ses mains. Dany avait détraqué la fermeture Éclair de sa robe. Une horrible robe de petite fille modèle des années soixante, avec dentelles et rubans roses, choisie par Calamity Jane qui la trouvait magnifique rapport qualité/prix.

— Tu l'as fait exprès, hein ! Pour m'embêter !

— Non ! C'est pas ma faute !

— C'est parce qu'elle l'aime pas ! a lâché Jeff en ajustant tranquillement son nœud papillon.

— Ah ! Voilà la vérité ! Merci, Jeff…

Les yeux de maman ont lancé des éclairs.

— Tu l'aimes pas, alors tu as trouvé une solution à ton problème !

— Il ment, maman !

— Tu sais combien je l'ai payée, cette robe ? T'as une idée du prix, Dany ? Regarde-moi quand je te parle !

— Je l'ai pas fait exprès !

— Arrête de me prendre pour une imbécile ! Tu vas voir si tu vas pas la mettre ! Tiens-toi tranquille ! Je me suis esquintée toute la journée dans la cuisine ! Tout ça pour vous faire plaisir !

— Tu pourras pas l'arranger, j'ai déjà essayé, je te jure. Je vais mettre autre chose, maman. S'il te plaît ! a gémi Dany en essuyant ses yeux juste avant l'arrivée de la première larme.

— Non ! Tu mettras cette robe ! Je vais la réparer… Et pas de discussion !

— On discute plus ! s'est écrié Jeff, qui se prenait décidément pour l'homme de la maison.

— Si ça continue, je flanque tout à la poubelle : le boudin, les acras, le cochon roussi, les ignames, les pois du bois*, le chaudeau et le gâteau ! Et bonsoir ! Tout le monde au lit.

— S'il te plaît, maman ! J'aime pas cette robe. Je ressemble à une mariée et j'ai que neuf ans ! S'il te plaît ? Maman !

Dany s'est mise à pleurer pour de bon. Elle était pitoyable. En culotte et chaussettes blanches, elle s'accrochait au bras de maman qui s'acharnait sur la fermeture Éclair en grimaçant. Il y avait un tintamarre incroyable dans l'appartement. Jeff répétait toutes les phrases comme à son habitude. Calamity Jane était montée sur ses grands

---

* Pois du bois (ou pois d'angole) : petite graine verte, blanchâtre ou roussâtre produite par un arbrisseau vivace et que l'on consomme surtout pendant la période de Noël.

chevaux et ne cessait de crier après Dany qui la suppliait entre deux sanglots, des hoquets et des quintes de toux. Plus maman s'énervait, plus le visage de Dany se déformait. Et les chanteurs continuaient à s'époumoner en attendant la venue du petit Jésus…

> *« Michaud veillait*
> *Michaud veillait*
> *La nuit dans sa chaumière*
> *Près du hameau*
> *Près du hameau*
> *en gardant son troupeau… »*

La sonnerie a retenti comme un coup de tonnerre. Les invités ! Maman a jeté la robe à l'autre bout de la salle à manger. Dany s'est arrêtée de pleurer d'un coup, a roulé la robe en boule sous son bras et a filé sur la pointe des pieds en rasant les murs. Jeff a réajusté pour la millième fois son nœud papillon. Et moi, j'ai regardé maman se refaire son visage de jour de Noël.

— Mon Dieu ! J'ai l'air de quoi, Lindy ?

— T'es belle, maman. Te fâche pas !

— Bon ! On parle plus de ça ! C'est Noël ! Va ouvrir la porte, Jeff ! Et toi, Lindy, dis à ta sœur de mettre ce qu'elle veut : une serpillière, une couverture, un chapeau, sa chemise de nuit, son plus vieux pantalon… *An bien san fouté !**

Une tension énorme emplissait l'appartement. Nos sourires étaient forcés. Mais Jonathan, le bébé de Kathy, a fait fondre tout le monde sitôt que la porte a été ouverte. Sa petite figure ronde était un vrai cadeau de Noël. Il gazouillait et riait, heureux de se trouver dans les bras de sa maman qui se tenait tout contre M. Édouard, dont les bras étaient encombrés de paquets et d'un extraordinaire bouquet de fleurs.

— Elles viennent directement de chez nous ! C'est pas beau ça !

Maman a fait la bise à M. Édouard. Elle a caressé les feuilles vertes d'une main tremblante.

J'ai été chargée de trouver un vase où j'ai disposé les fleurs de la Guadeloupe. Je n'en avais

---

* Je m'en fiche pas mal !

pas revu d'aussi belles depuis que nous habitions à Noisy-le-Grand. Il y avait des oiseaux de paradis, des arums* et des anthuriums*, une rose de porcelaine et des alpinias*. Je me suis dit que papa ne savait pas y faire. Lui qui travaillait dans un bureau de poste, il aurait dû penser à envoyer un bouquet de fleurs à maman. Il aurait pu lui écrire des mots d'amour sur un carton glissé dans une enveloppe et caché dans le feuillage des fleurs…

Après au moins une demi-heure, Dany nous a rejoints au salon. Elle s'est assise loin de maman. Elle avait enfilé un tee-shirt bleu un peu délavé, une jupe en jean et chaussé ses tennis pas très nets. Maman l'a fusillée du regard.

— Ça sent drôlement bon, Jeanine ! a lancé M. Édouard.

---

* Arum : plante herbacée monocotylédone (famille des aracées).
* Anthurium : plante ornementale à belles feuilles originaire d'Amérique tropicale (famille des aracées).
* Alpinia : plante ornementale herbacée de la famille des zingiberacae, famille à laquelle appartiennent aussi le gingembre et la cardamone.

— Avec la musique, on se croirait presque en Guadeloupe ! a enchaîné Kathy.

M. Édouard s'est aussitôt mis à frapper des mains pour mettre de l'ambiance. Jeff l'a imité.

« Joseph, mon cher fidèle,
Cherchons un logement
Le temps presse
et appelle à mon accouchement. »

— Allez ! Tous ensemble ! a crié M. Édouard.

— Allez ! Les filles ! s'est exclamé Jeff en reprenant le refrain et en imitant de son mieux M. Édouard.

Je me suis promis de le remettre sur les rails car il dépassait les bornes. Il se prenait de plus en plus pour le roi de la basse-cour.

*

La soirée a passé ainsi. Le repas, plusieurs fois entrecoupé de chansons de Noël, a été un vrai délice. Dany n'a ouvert la bouche que pour enfourner la nourriture. Elle était comme une statue de plomb assise parmi nous. Avec ses nattes en colère sur sa tête, ses yeux rouges d'avoir trop pleuré et son visage des plus sinistres, elle était terrible à voir. J'ai eu beau lui donner de grands coups de pied sous la table pour qu'elle se force un peu à rire et chanter, qu'elle ait pitié de maman qui s'était décarcassée pour la fête, elle n'a jamais frappé des mains ni offert un de ses sourires au bébé de Kathy. À cause d'elle, il y avait de la désolation dans les yeux de maman. Sa fête était gâchée. Dany s'est endormie un peu avant minuit, la bouche ouverte et le cœur gros d'avoir tenu ce rôle de grande boudeuse dans la nuit de Noël. Elle a trouvé ses cadeaux le lendemain, au pied de son lit.

*

Donc, la lettre de Andrew est arrivée le 2 janvier, en même temps que les quatre lettres de papa. Une pour maman qui est aussitôt allée s'enfermer dans sa chambre. Une pour Jeff qui l'attendait avant Noël, parce qu'elle devait contenir un mandat permettant l'achat d'un Game Boy. Une pour Dany qui espérait bien en recevoir un aussi même si elle n'avait rien demandé. Et la dernière pour moi… Papa me racontait qu'il était sur la bonne voie. Il avait deux de ses frères de son côté. Le dernier, Tonton Julien, était plus gourmand et voulait contacter un expert qui devait estimer la maison. Et comme d'habitude, je devais garder le secret ! Un mandat de trois cents francs accompagnait ses vœux de bonne année.

Je ne savais pas ce qu'il avait écrit à maman et j'étais trop pressée d'ouvrir le courrier de Andrew pour m'en préoccuper. Les timbres étaient magnifiques. La lettre de Andrew s'étalait sur six pages. Je n'avais jamais reçu une aussi longue lettre et avant même de la lire, j'étais tellement heureuse que j'ai failli pleurer. Comment était-ce possible ? C'était vraiment à moi que cela arrivait ? Un Américain qui ne me connaissait même pas, ne m'avait jamais vue, m'écrivait pour la première fois et avait tant de choses à me raconter ! Je n'en revenais pas. Et il habitait Manhattan ! Cette île au milieu de New York… Carola était un ange.

En fait, il y avait deux lettres qui disaient la même chose. Une en anglais et sa traduction en français. J'ai d'abord lu la lettre écrite en anglais. Je me suis un peu cassé la tête avant de me jeter sur le dictionnaire à la recherche de trois mots mystérieux et d'entrouvrir avec fébrilité mon livre de grammaire. Et puis, je me suis attaquée à la deuxième qui montrait qu'il avait déjà un bon niveau en français. Enfin, je les ai mises côte à côte. Et je les ai admirées comme deux sœurs jumelles. Au fond, tout ce qu'il m'avait écrit n'était pas très génial, c'était des informations sur sa famille et lui-même. Ce qui me rendait heureuse, c'était de savoir que j'avais un nouvel ami à l'autre bout du monde.

Andrew habitait le même quartier que Tim, à New York. Ils se connaissaient depuis l'école maternelle. Leurs pères travaillaient dans la même boîte d'informatique mais n'étaient pas réellement amis. Ils soutenaient des partis politiques différents. Leurs mères faisaient du stretching dans le même institut de mise en forme. Andrew avait une grande sœur : Debby, qui était végétarienne et militait dans une association de défense des animaux. Un petit frère : Greg Junior, fan de Paula Abdul. Deux chiens : Patrol et Olaf. Deux chats siamois : Tiger et Lion. Il y avait cinq ordinateurs chez lui – un pour chaque membre de la famille – et il me demandait mon adresse e-mail afin qu'on puisse s'envoyer des courriers électroniques. Andrew était inscrit dans un club de base-ball. Il s'entraînait deux fois par semaine. Il pratiquait la natation, suivait des cours de dessin. Et il avait appris un peu le piano jusqu'à dix ans. Il avait une passion pour la France. Sa mère, qui s'occupait d'une galerie d'art, avait fait ses études à Paris. Il rêvait de vivre la même expérience. Il terminait sa lettre en promettant de m'envoyer une photo de lui entouré de sa famille.

*

Il était dix heures du matin. Maman, qui avait eu droit à une semaine de vacances, n'avait pas quitté sa chambre. J'espérais qu'elle n'était pas en pleurs, avec ses bigoudis sur la tête, allongée sur son lit, la lettre de papa entre les mains. Mais je n'avais pas envie d'être triste. J'avais besoin de partager mon bonheur. Jeff et Dany regardaient la télévision en se disputant les prospectus du jour. Ils dépensaient déjà en imagination les mandats qu'ils avaient reçus : cassettes vidéo, vélo tout-terrain, walkman, C.D., orgue électronique, Game Boy, poupée Barbie, lampe de détective, machine à écrire de secrétaire, skateboard…

J'ai téléphoné à Hamidou pour lui demander ce qu'il faisait. Nous n'avions pas eu de répétition pendant les vacances. Carola était partie en Corse. Boris, notre batteur, était à la montagne. Et la mère de Miguel l'avait séquestré chez lui à cause de son mauvais bulletin.

— Le groupe va mourir si on répète pas ! Vous êtes tous à gauche et à droite ! C'est sérieux la musique, Lindy ! Vous prenez tous ça à la rigolade !

— Mais j'y peux rien, Hamidou. Si tu veux, je descends et on revoit les derniers textes. Normalement Carola doit revenir aujourd'hui…

— Ouais, mais c'est trop tard ! On a perdu quinze jours ! L'école c'est après-demain !

— Oh ! là, là ! Arrête de te plaindre !

— Je me plains pas, Lindy ! On a commencé quelque chose, on termine. T'as plus envie de faire le disque ?

— Bon, je raccroche et je descends !

Le sapin de Noël commençait à se faire vieux. Les épines jonchaient la moquette. Il ressemblait à un épouvantail. Les guirlandes ne scintillaient plus. Quelques boules brisées malencontreusement pendaient au bout des branches. Et l'étoile d'or avait une branche cassée. Depuis le réveillon de Noël, maman n'avait pas fait de grand ménage. Elle semblait avoir mis toutes ses forces dans le grand festin.

Le 31 décembre, nous étions restés devant la télévision qui nous avait souhaité une bonne et heureuse année. Nous nous étions embrassés comme les artistes de la télé qui, dans leurs robes du soir et leurs élégants smokings, n'arrêtaient pas de rire, de danser et de boire du champagne.

*

J'ai enfilé mes bottes et mon manteau. J'ai sifflé Bingo et nous avons foncé chez Hamidou.

Il avait sa tête des mauvais jours.

— Oh ! T'as emmené Bingo ! Tu sais bien que ma mère supporte pas les chiens !

— Oh ! Tu déprimes ou quoi !

— Mais non ! Je veux qu'on finisse le disque… T'as appris toutes les paroles ?

— J'ai pas eu le temps. Tu sais, Carola est partie depuis dix jours ! On répète toujours ensemble…

Je me suis lâchée sur son lit. Les murs de sa chambre étaient recouverts de posters de chanteurs : Bob Marley, les Fugees, Michael Jackson, le groupe I AM… Hamidou m'a tendu les paroles d'une de nos chansons. Il s'est planté derrière son orgue et il a commencé à pianoter en cherchant la note. Bingo s'est mis à aboyer quand j'entamais le troisième couplet.

La mère de Hamidou a poussé la porte au même moment. Flagrant délit !

— Ah ! Lindy ! Je savais que c'était toi ! Pourquoi tu t'amènes ici avec ton chien ? Tu fais comme les Français, toi ! Les chiens, ça reste pas dehors dans ton pays ?

La mère de Hamidou vivait en France depuis vingt ans. Elle n'avait jamais porté de vêtements achetés dans les magasins français. Elle faisait tout venir du Sénégal. C'était sa fierté. Elle revendait des tissus, des boubous et des bijoux aux femmes du quartier.

— Au fait, tu m'as jamais donné la réponse de ta maman… Elle veut, oui ou non, que je lui montre les dernières livraisons ?

— J'ai pas eu le temps de lui demander.

— Hum ! Dis plutôt qu'elle préfère s'habiller à l'occidentale ! Elle crache sur ses origines africaines…

— Laisse Lindy tranquille, maman ! On travaille !

— La musique ! C'est pas un travail, ça !

Hamidou, permets à personne de te détourner de ta voie !

Quand elle est partie, nous avons continué à chantonner quelques refrains, mais tout allait de travers. Je me suis levée en jurant de revenir sans Bingo.

— Faut que j'y aille, Hamidou !

— Essaie d'appeler Miguel ! À chaque fois que sa mère reconnaît ma voix, elle dit qu'il n'est pas là.

— On le verra à la rentrée.

— Ouais, mais je sais pas si on pourra continuer avec lui. Il faut qu'on finisse de composer pendant les vacances de Pâques. S'il est encore privé de sortie, on est grillés.

— Mais c'est pas grave, Hamidou ! On continuera pendant les grandes vacances…

— Tu rigoles ou quoi ? On ne sait pas où on sera pendant les grandes vacances ni après. On va être dispersés ! Notre groupe va exploser !

Hamidou avait parlé comme un prophète. C'était bien vrai qu'on ne savait rien de ce qui nous attendait. J'avais cru comprendre que son père, au chômage depuis quelque temps, hésitait à prendre les millions d'une aide au retour au pays proposée par le gouvernement. Quant à Miguel, sa mère avait parlé de pension… Peut-être que j'allais retourner en Guadeloupe… Il ne resterait que Carola…

*

Elle était partie en Corse pour les vacances de Noël. Tous les jours, je passais devant sa maison. En voyant les volets clos, j'avais l'impression que c'était Carola qui ne voulait plus de mon amitié. Au début de l'année scolaire, deux filles de notre classe, qui ne comprenaient pas pourquoi Carola me fréquentait, lui avaient lancé :

— Hé ! Carola. Qu'est-ce que tu fous avec cette Black ?

Elle leur avait répondu que j'étais sa meilleure amie et qu'elle détestait les racistes. Quand on s'était retrouvées chez moi, Carola m'avait dit qu'elle s'en fichait de ma couleur et qu'on n'avait pas à parler de ça.

Une semaine que je ne l'avais pas vue. Lorsque j'ai aperçu sa mère sur le trottoir, s'apprêtant à rentrer chez elle, une baguette sous le bras, mon cœur a bondi de joie. J'ai tiré sur la laisse de Bingo qui m'a engueulée en aboyant, et j'ai couru pour la rejoindre.

— Ah ! Lindy ! On est rentrés hier soir… Carola n'a pas arrêté de parler de toi à sa grand-mère. Elle t'a rapporté quelque chose de Corse. Allez, viens !

L'appartement était silencieux. M. Tomasini était au commissariat de police. Carola était sous la douche.

— Tu vas l'attendre un peu, m'a dit sa mère en m'invitant au salon.

Nous avons commencé à parler de Bingo. Elle m'a félicitée pour son pelage luisant et sa bonne mine. Elle m'a demandé des nouvelles de maman. Et puis, tout doucement, elle s'est mise à déraper et me poser des tas de questions. J'avais le sentiment d'être prise au piège. Mais elle était encore plus mal à l'aise que moi. Je la sentais inquiète, comme si elle profitait de l'absence de

Carola pour m'asticoter. Elle parlait rapidement, à voix très basse, sur le ton du complot. Elle ne cessait de surveiller la porte du couloir qui donnait sur les chambres et la salle de bains. Je me tortillais sur ma chaise. Sous son regard perçant, je bafouillais. Chacun de mes mots pesait trois tonnes.

— J'attends de toi une réponse franche, Lindy !

— Oui, madame Tomasini.

— Je connais ma fille !

— Oui, madame.

— Je veux la vérité, Lindy !

— Oui, madame.

— Est-ce que ta mère te traumatise, Lindy ?

— Trauma…

— Carola a raconté à sa grand-mère que tu étais une enfant battue.

— Battue !

Je suis restée un moment sans voix, tripotant machinalement le gros nounours en peluche assis à côté de moi sur le canapé.

— Dis-moi la vérité, Lindy ! Je dois savoir…

Si c'est encore un mensonge de Carola, c'est très, très, très grave…

Mes doigts, que je ne contrôlais plus, cherchaient à arracher les yeux de l'ours.

— J'attends la vérité, Lindy ! Fais-moi confiance, je ne te trahirai pas… Ça restera entre nous deux, mais je dois savoir. Tu sais, Carola est…

— Oui, madame Tomasini. Heu…

— Dépêche-toi, Lindy ! Elle va bientôt sortir de la salle de bains.

J'ai respiré un bon coup. J'ai caressé la tête du pauvre nounours. Mon souffle était court et mon cœur battait la chamade. Mme Tomasini guettait ma réponse comme un accusé attend sa condamnation. La vie était décidément trop compliquée. J'avais espéré de tout mon cœur le retour de Carola. Ses vacances en Corse m'avaient paru interminables. J'avais foncé chez elle pour partager ma joie, lui faire lire la lettre de Andrew, la remercier surtout de m'avoir un peu obligée à lui écrire. Et j'avais soudain envie de m'en aller très loin de Carola, courir dans la neige jusqu'à mon arbre, supplier le soleil-mosaïque accroché à mon immeuble de bien vouloir me réchauffer le cœur. Je me sentais seule et triste, trahie…

— Ma mère ne me traumatise pas, madame Tomasini. Ma mère ne me bat pas, madame Tomasini. Ma mère est très gentille…

— Carola m'a dit que vous en avez tellement peur que vous l'appelez Calamity Jane !

— C'est vrai, madame. C'est entre nous, à cause du dessin animé. Dany avait rêvé de maman sur le cheval de Calamity Jane.

— Tu te rends compte, Lindy ! Carola a raconté à sa Mamie Ginette que votre mère vous battait. La pauvre mamie, ça lui a fendu le cœur…

La mère de Carola a secoué la tête comme pour se réveiller du cauchemar où elle m'avait entraînée.

— Tu ne lui diras rien, Lindy ! Je vais régler ça avec elle ! Tu gardes le secret, hein !

Carola a poussé la porte du couloir avant que j'aie eu le temps de faire la moindre promesse. Son sourire illuminait tout son visage. Ses yeux pétillaient. Elle m'a sauté au cou. Elle a mis entre mes mains le cadeau rapporté de Corse. Je me suis sentie toute molle entre ses bras. Derrière son dos, sa mère me faisait de gros yeux. Garder le secret ! Je devais encore garder un secret ! Porter un secret comme celui que m'avait confié papa… Un secret trop lourd pour moi et qui m'embarrassait déjà.

— Ouvre ton paquet ! m'a ordonné Carola.

Sa voix sortait de très loin, comme d'un brouillard épais. J'avais l'impression que sa figure souriante était un masque. Je me suis revue en Guadeloupe, la première fois que j'avais couru le Carnaval dans les rues de Capesterre-Belle-Eau. J'avais six ans. C'était le jour du défilé des écoles. Maman m'avait confectionné un costume de princesse indienne. Les enfants avaient le visage maquillé. Très excités à l'idée de faire comme les grands, nous avions répété notre danse pendant près d'un mois. Tout avait bien commencé. Massés sur les trottoirs, nos parents nous applaudissaient et nous envoyaient des baisers. Et puis, le groupe de *mas a lan mo** a

---

* *Mas a lan mo* : masques de mort pendant le carnaval.

déboulé, brandissant des fouets qu'ils faisaient claquer dans les airs au-dessus de nos têtes. Ils portaient des masques terrifiants et étaient déguisés en squelettes. De grandes capes volaient dans leur dos. Ils nous encerclaient, nous poursuivaient en hurlant, faisaient semblant de vouloir nous enlever. Deux d'entre eux frappaient sur des vieux barils d'huile transformés en tambours. Les enfants se sont mis à pousser des cris et courir comme des poussins égarés à la recherche de leur maman. Je ne savais plus où j'étais. Un squelette à tête de mort s'est approché de moi. Je me souviens avoir crié. Je me suis réveillée à la maison.

— Ouvre ton cadeau ! a répété Carola, en me secouant par le bras.

À ce moment-là, j'ai senti les petites pattes de Bingo griffer mes mollets et je suis revenue à la réalité. Il croyait que c'était un jeu et remuait la queue en aboyant.

*

Je me suis vite sauvée. Comme une voleuse. Mon cadeau sous le bras, j'ai entraîné Bingo dans une course folle. J'ai grimpé les escaliers quatre à quatre. Dany et Jeff étaient toujours devant la télé. Maman reprenait son travail le lendemain au Tropical. Elle passait l'aspirateur dans le couloir.

— D'où tu sors, Lindy ?

J'ai enjambé l'aspirateur. Je lui ai répondu que j'étais juste allée promener Bingo. Et dès que je suis entrée dans ma chambre, j'ai lancé le cadeau de Carola sur mon lit comme s'il me brûlait les doigts. Je ne lui avais pas montré la lettre de Andrew. Je l'avais remerciée mais les mots avaient du mal à sortir de ma gorge. Nous étions restées un moment à nous regarder. Elle sans bien comprendre ce qui se passait. Et moi comme si je me trouvais soudain face à une étrangère.

Qui était Carola ?

Était-elle vraiment mon amie ?

Pourquoi avait-elle menti sur ma maman ?

Pourquoi sa mère voulait-elle que je garde le secret ?

Pourquoi ne l'avait-elle pas obligée à avouer pendant que j'étais là ?

À qui pouvais-je bien en parler ?

Dany irait vite fait tout raconter à maman. Jeff se contenterait de répéter chacune de mes phrases. Papa ? Il avait trop de problèmes à régler ! Quant à Bingo, il serait compatissant comme à son habitude, mais il ne pourrait que gémir ou grogner. Il ne restait plus que Andrew…

J'ai repris sa lettre. Je n'étais pas graphologue, mais en examinant son écriture un peu carrée, j'avais l'impression de le connaître. Il devait être fidèle en amitié. Il avait sûrement des idées bien arrêtées sur le métier qu'il exercerait plus tard. Je l'imaginais très grand pour son âge, baraqué à cause du base-ball et de la natation. En fermant les yeux, il me semblait même entendre le son de sa voix lorsqu'il appelait ses chiens. Je le voyais dans sa maison de Manhattan devant son ordinateur…

*

« Cher Andrew,

J'ai bien reçu ta lettre. Je suis très heureuse. Et j'espère qu'on pourra correspondre très longtemps. Si tu viens en France, tu seras le bienvenu. Je n'ai pas d'ordinateur et donc pas d'adresse e-mail. C'est bien dommage. Je ne sais pas si ma mère pourra m'en acheter un. En attendant, nous nous écrirons par courrier postal. Tu as l'air calé en français. J'espère faire de grands progrès en anglais. J'aimerais bien écouter ta voix. Tu peux envoyer une cassette si tu veux. J'aimerais que nous devenions les meilleurs amis du monde.

Cher Andrew, j'attends ta lettre avec impatience.

Je t'embrasse. Un grand bonjour à ta famille. Et des câlins à Olaf et Patrol, Tiger et Lion. Ton amie, Lindy.

P.S. : Je t'enverrai des documents sur Paris. »

*

Les cours reprenaient le lendemain. Je trouverai sûrement Carola en train de m'attendre au pied de l'immeuble. Juste sous le soleil de la fresque.

Est-ce que je saurai cacher mon trouble ?

Faire comme si…

Oublier ce qu'elle avait raconté à ses parents sur ma maman ?

Faire comme si…

Rire et écouter ses mensonges ?

La regarder droit dans les yeux ?

Je me suis endormie tout habillée, la lettre de Andrew posée sur mon cœur. Personne ne m'a réveillée à l'heure du dîner. Je n'ai pas fait de rêve.

4

Carola pleurait. Elle était assise sur un vieux tronc d'arbre du parc. Je me tenais debout devant elle comme un juge ou bien une mère en colère. Et, la tête entre les mains, elle pleurait. Je ne voyais pas son visage. Seulement son manteau jaune secoué de sanglots. J'avais très envie de la consoler, lui jurer que je ne lui en voulais pas, que tout était oublié, mais je ne pouvais pas desserrer mes bras croisés devant moi.

— C'est venu tout seul, je te jure, Lindy !

— Trouve autre chose, Carola ! Dis-moi la vérité... Qu'est-ce qui t'a poussé à raconter ces horreurs ?

— Je sais pas, je te jure...

— Tu n'étais pas obligée de mentir ! Personne ne t'a forcée. Dis-moi la vérité ! Après je t'embêterai plus. On repartira chacune de son côté. Mais je veux savoir !

— Non ! Tu es toujours mon amie, Lindy !

On va pas se fâcher pour ça !

Elle a levé les yeux et tendu les mains vers moi.

Je me sentais bizarre, forte de mon bon droit et, en même temps, j'avais l'impression d'être une actrice fragile qui donnait la réplique dans un film dramatique. Je n'avais pas l'intention d'abandonner Carola à ses mensonges. Au fond de mon cœur, je lui avais déjà pardonné. J'ai froncé les sourcils, remonté ma capuche et j'ai reculé d'un pas.

— Peut-être que tout est cassé entre nous maintenant.

— Non, Lindy !

— Je t'aime bien, Carola. Mais… je n'ai plus confiance en toi. Pourquoi tous ces mensonges ?

— Je te promets de ne plus recommencer, Lindy ! Je te promets !

— Tu pourras pas ! Laisse tomber… Je veux juste savoir ce qui t'a poussé à mentir sur ma mère… C'est tout !

— Je te promets, Lindy ! Je vais arrêter de mentir.

— Bon, tu veux rien dire. Eh bien ! je rentre

chez moi… Au revoir Carola.

— Attends, Lindy ! Je vais tout te dire…

C'est comme ça qu'on s'est retrouvées assises côte à côte sur le vieux tronc d'arbre du parc. Carola a séché ses larmes sur ses joues rouges. J'ai croisé les mains sur mes cuisses et j'ai attendu. D'abord, je n'ai pas compris grand-chose. Elle s'emmêlait dans un tas d'histoires. Elle m'a parlé de ses parents qui étaient très malheureux, même s'ils faisaient comme si tout allait bien, et de l'année de ses six ans qui avait été terrible. Ses premiers mensonges remontaient à ce temps-là. C'était l'été. Ils habitaient déjà à Noisy-le-Grand. Le soleil entrait partout. « On est à la campagne ! » répétait chaque jour la mère de Carola en mettant le couvert sur la table du jardin. « Oh ! Qu'est-ce qu'on est bien ! » répondait son papa. Carola poussait le landau de son petit frère et jouait à la maman. Ils riaient. Ils s'embrassaient. Et puis, au milieu de l'été, le soleil a disparu. Les parents de Carola ont porté des vêtements noirs. Les rires se sont éteints, remplacés par des cris de douleur et de désespoir. Ils ont pris le bateau pour aller enterrer le petit frère en Corse. Mort dans son sommeil. « Mort subite », avait diagnostiqué le docteur. Il s'appelait Charles. On l'appelait Carlo. Il avait déjà sa chambre, son lit et son armoire pleine de couches et de grenouillères. Il a sa tombe là-bas en Corse. Un petit rectangle de terre au cimetière de Propriano. Son nom est gravé dans la pierre. On a planté des fleurs et une croix blanche en bois.

— J'ai commencé à mentir quand on est rentrés à Noisy. Je sais pas pourquoi. La psychologue que je vois tous les jeudis soir explique à maman que je cherche à me construire un autre monde parce que j'ai été choquée par la mort de mon petit frère. Elle m'encourage. « Il faut parler-parler-parler… pour évacuer tout ça. Un jour, Carola, tu n'auras plus besoin de mentir. »

*

Je n'ai pas dit un mot pendant que Carola racontait son histoire. Je lui jetais de temps à autre un coup d'œil, essayant de deviner, à la façon qu'elle avait d'appuyer sur certains mots, si elle n'était pas encore une fois en train de me mener en bateau. Lorsqu'elle a cessé de parler, nous sommes restées un moment silencieuses, embarrassées de nos mains glacées posées sur le tronc de l'arbre. On avait soudain peur des mots, l'une et l'autre. On craignait aussi de se regarder parce que les choses avaient changé entre nous. À cause de ce mensonge, notre amitié ne serait plus jamais la même. Cette histoire nous avait fait mûrir d'un coup.

— Est-ce que tu me crois, Lindy ? a fini par demander Carola.

— Je veux te croire de toutes mes forces. Mais, si c'est une maladie, tu ne peux pas guérir comme ça, d'un coup de baguette magique.

— Mais si justement, s'est écriée Carola en essuyant une dernière larme. La psychologue a dit qu'il faudrait peut-être que j'aie un autre choc pour affronter le monde sans chercher à le transformer avec des mensonges. Et là, je te jure que ça m'a fait un choc, tout ce que tu m'as dit.

J'ai pris un air désabusé et, dans un soupir,

j'ai murmuré :

— On verra, Carola ! On verra…

Des zones d'ombre s'étaient soudain éclairées à la lumière de ses paroles. C'était vrai que les jeudis après-midi, elle regardait sans arrêt sa montre. Arrivée devant le portail du pavillon de ses parents, elle m'embrassait en vitesse. Si on avait commencé une conversation très grave sur un garçon de la classe qui fumait les cigarettes de son père dans les toilettes du collège, sur l'histoire d'amour entre M. Carmille et Mlle Benguigui, sur les filles qui savaient embrasser et celles qui ne savaient pas, comme nous… Carola reportait tout au lendemain et me laissait en plan. Je la sentais nerveuse, mais je mettais ça sur le compte d'une mauvaise note, d'une engueulade. Souvent, j'apercevais la silhouette de sa mère qui la guettait derrière les rideaux du salon. Une fois, elle m'avait raconté que le jeudi était chez eux le jour des courses, car sa mère voulait éviter la bousculade du vendredi soir au supermarché. Une autre fois, elle m'avait raconté que sa mère l'emmenait chez le dentiste.

*

Nous nous sommes évitées pendant trois jours, gênées l'une et l'autre, le regard fuyant, la mine sombre. Quelques curieuses avaient tenté de me questionner car tout le monde sentait bien qu'il y avait quelque chose qui clochait entre nous. Notre amitié avait été trop voyante. Auparavant, nous marchions toujours ensemble. Nous riions des mêmes blagues. Nous nous asseyions l'une à côté de l'autre. Et là, du jour au lendemain, nos routes ne se rencontraient plus. Dans la cour du collège, nous ressemblions à des poupées de chiffon abandonnées, des sœurs siamoises brutalement séparées par une opération miraculeuse.

Les élèves racistes du collège, qui n'avaient jamais compris l'intérêt que me portait Carola, l'entouraient de leur amitié fabriquée et de leurs sourires à cinq centimes. Mais elle les repoussait et s'enfermait dans un drôle de silence qui choqua même M. Carmille. « Mais on dirait que tu as perdu la parole, Carola ! Qu'est-ce qui se passe ? »

lui avait-il lancé en me jetant un regard perplexe.

Au bout du troisième jour, Carola a été portée absente. Ce soir-là, sa mère m'a appelée au téléphone. Je me sentais mal. Et j'essayais d'oublier ce qui se passait avec Carola en lisant et relisant la dernière lettre de Andrew. Je n'avais pas le moins du monde envie de lui parler. Et, pour être sincère, je craignais qu'elle me donne une autre version de l'histoire de Carola.

— Qu'est-ce qui se passe, Lindy ? Il y a un problème ! Faut que tu me dises ce qui ne va pas ! J'aimerais bien comprendre ! Je suis pas un pantin dans cette maison ! Tu me racontes rien, Lindy !

J'ai pris le combiné des mains de maman. J'ai fermé les yeux.

— Oui, madame Tomasini… D'accord… Bon, je viendrai… O.K… Oui, demain, c'est sûr ! Allez, au revoir ! À demain, samedi, d'accord… Quinze heures. Au revoir !

Maman s'est tenue à côté de moi tout le temps que je suis restée au téléphone. Dès que j'ai raccroché, elle s'est remise à me questionner.

— C'est quoi tous ces secrets, Lindy ?

— Il n'y a pas de secrets. Carola n'est pas venue à l'école aujourd'hui. Sa mère m'a dit qu'elle est malade et qu'elle veut me voir.

— Malade ! Quelle maladie, Lindy ? Y a une mauvaise grippe qui court en ce moment ? Tu vas pas l'attraper pour les beaux yeux de Carola !

— C'est pas la grippe, maman !

— C'est quoi alors ?

J'ai raconté une partie de l'histoire – le petit frère trouvé mort dans son lit, les mensonges et les rendez-vous chaque jeudi avec une psychologue. J'ai bien sûr mis de côté les inventions de Carola qui concernaient maman directement. Lorsque j'ai cessé de parler, elle m'a serrée dans ses bras sans faire le moindre commentaire.

Depuis le début de l'année, maman avait changé. Elle n'était plus si nerveuse. Et même si j'avais dû convoquer de manière officielle Jeff et Dany afin que nous nous promettions de ne plus l'appeler Calamity Jane, elle n'avait plus rien à voir avec la femme qui chevauchait seule dans le désert du Nevada, poursuivie par des chasseurs de primes et des banquiers. Elle semblait plus sereine et attendait papa, qui lui avait annoncé sa venue prochaine avec, dans ses bagages, une superbe surprise… Celle qu'elle connaissait déjà grâce à moi.

Au Tropical, Kathy avait repris sa place entre les étals et le service de la terrasse. M. Édouard se tenait bien droit derrière la caisse. Et maman s'occupait de la cuisine. Le soir, elle nous revenait bien moins fatiguée. Nous dînions ensemble et elle ne s'endormait plus devant le poste, la télécommande à la main.

*

À trois heures précises, j'étais devant la maison de Carola. Mme Tomasini ne m'a même pas laissé le temps de sonner. Elle a aussitôt ouvert la porte comme si elle me guettait derrière les rideaux.

— Ah ! Lindy… Te voilà enfin ! Carola t'attend. Elle m'a tout raconté.

Mme Tomasini parlait doucement comme

dans la maison d'un malade. Son souffle tiède sifflait à mes oreilles.

— Ce que Carola t'a dit est la stricte vérité : elle a vraiment perdu son petit frère. Il est enterré chez nous en Corse. Ses mensonges datent de cette époque. On a tout essayé pour qu'elle arrête… les réprimandes, les menaces, la douceur… Rien n'y fait. La psychologue dit qu'il ne faut surtout pas la brusquer, que ça lui passera avec le temps. Carola nous a promis plusieurs fois de ne plus mentir. À chaque fois on tombe dans le panneau… Et les histoires que ça nous a déjà procurées, t'en as pas idée ! Elle mesure pas les conséquences de ses mensonges. Elle a perdu beaucoup d'amis à cause de ça. T'as bien vu au collège ! Elle a que toi, Lindy !

— C'est grave comme maladie, madame… Je ne sais pas comment l'aider. Je l'aime bien, c'est mon amie. Mais comment je peux lui faire confiance après ce qui s'est passé ?

— Donne-lui sa chance, Lindy ! Elle n'a que toi et je…

Les derniers mots de Mme Tomasini sont

restés prisonniers de sa gorge. La porte de la chambre de Carola venait de s'ouvrir. On entendait ses pas dans le couloir.

— Lindy ! T'es là depuis longtemps ? Je n'ai pas entendu la sonnette.

Ses yeux étaient rouges comme si elle avait beaucoup pleuré. Elle portait une robe de chambre avec des fils qui pendaient partout. Ses cheveux n'étaient pas coiffés. Elle m'a sauté au cou.

— T'es venue ! Oh ! Lindy ! T'es venue !

Les larmes se mirent à couler le long de ses joues.

— T'es venue ! T'es plus fâchée…

Je l'ai embrassée. Et nous sommes restées un moment dans les bras l'une de l'autre. Émues, nous balançant et nous berçant, pareilles à des petites fleurs des champs secouées par le vent.

*

— Je te promets, Lindy. Je te promets de faire de mon mieux.

— Je vais t'aider, Carola !

Mme Tomasini a applaudi et a quitté le salon en s'essuyant les yeux.

— Oh ! T'es vraiment une amie, Lindy ! Carola n'a jamais eu de meilleure amie !

Lorsque nous nous sommes retrouvées seules, nous étions embarrassées. Alors, j'ai sorti de mon sac tous mes classeurs. Carola avait raté pas mal de cours. Elle avait un tas de leçons à recopier. Nous avions un prétexte pour rester un bon moment ensemble, apprendre à se reparler, trouver des sujets de conversation afin d'oublier les mauvais souvenirs. Nous n'avons jamais été aussi studieuses. Nous nous sommes même récité les leçons de M. Carmille, ce que nous n'avions jamais fait de toute notre vie ! Et puis, en abordant le nouveau chapitre d'anglais, nous avons pu enfin parler d'autre chose que de l'école. C'est Carola qui a trouvé la porte de sortie.

— Au fait, t'as des nouvelles de Andrew, Lindy ?

— Bien sûr que oui ! Il m'a déjà écrit deux fois. Regarde sa photo ! Il est super, non ? Tu sais, il me demande une photo de moi et de ma famille. Il m'a dit qu'à chaque fois qu'il ouvre une de mes lettres, il s'attend à trouver une photo et c'est à chaque fois la déception. Mais j'ai que des vieilles photos ! Je veux pas paraître trop bébé, tu comprends. Je veux qu'il ait une belle image de moi…

Carola a ouvert de grands yeux et je l'ai retrouvée exactement telle qu'elle était avant toutes ces histoires.

— T'es amoureuse de lui, Lindy !

— Quoi ! Tu rigoles ! On se connaît à peine !

— En tout cas, t'as envie de lui plaire !

— C'est normal ! Je vais quand même pas lui envoyer une photo qui date de mes dix ans !

— Eh ben, si tu veux, lundi après-midi, après le cours de géo on ira au Photomaton du centre commercial…

J'ai hoché la tête et je lui ai tendu la dernière lettre de Andrew. Carola l'a lue en gardant une main posée sur le dictionnaire anglais-français, comme quelqu'un qui prête serment sur la Bible dans un tribunal, mais elle ne l'a pas utilisé.

J'aurais vraiment aimé que tout redevienne comme avant, que Carola cesse de mentir pour de bon. Alors, j'ai mis ma main sur la sienne et en moi-même je me suis juré de l'aider.

— Il a l'air drôlement gentil !

— Ouais, c'est un bon copain…

— Tu crois qu'on ira un jour sur son île à Manhattan, Lindy ?

— Pourquoi pas ! Quand je serai hôtesse de l'air, je ferai tout pour aller aux États-Unis. Peut-étre qu'on travaillera sur la même compagnie aérienne !

— Je sais plus si je veux devenir hôtesse, Lindy… a murmuré Carola.

— Ah bon ! Et qu'est-ce que tu veux faire maintenant ?

— Je sais pas encore… peut-être psycho-logue, a-t-elle dit en farfouillant dans sa trousse.

Nous nous sommes aussitôt replongées dans nos livres pour ne pas réveiller, à cause de ce seul mot « psychologue », la maladie bizarre de Carola et le souvenir de notre dispute. C'est seulement en partant que nous avons parlé du groupe et des chansons à connaître par cœur avant les vacances de Pâques.

— Hamidou y tient vraiment !

— Moi aussi, tu sais, a soufflé Carola. On répète ce week-end, O.K. !

*

J'ai écrit le soir même à Andrew, mais je ne lui ai pas envoyé la lettre tout de suite. Je l'ai postée le lundi après-midi, après avoir passé un temps fou dans les toilettes du centre commercial à me coiffer et à me faire maquiller par Carola. Je voulais qu'il ait le choc de sa vie en me voyant. Et… qu'il tombe un peu amoureux de moi. Carola ne s'était pas trompée : j'avais envie de plaire à Andrew. Je le trouvais vraiment trop beau. Plus beau que Frédéric, qui m'avait envoyé des petits mots d'amour pendant les cours et qui m'avait laissée tomber comme une vieille chaussette, le jour où une nouvelle avait débarqué dans notre classe. Plus sérieux que mon cher Hamidou, qui, le matin de la rentrée, m'avait de nouveau proposé son aide pour les maths en échange de rigueur et ponctualité aux réunions de notre groupe. Il ressemblait à un homme soucieux, chargé de responsabilités. J'ai dit oui pour les cours de maths et les répétitions hebdomadaires.

*

Le mercredi, un énorme paquet m'attendait au bureau de poste. Expédié dc New York !

J'étais en plein rêve. J'ai marché comme une somnambule jusqu'à l'immeuble. J'ai fait un sourire au soleil de la façade et j'ai envoyé des bisous à mon arbre qui, sans une feuille à ses branches, ressemblait depuis le début de l'hiver à un jumeau de Don Quichotte, égaré dans la cité, nu comme un ver, bravant les vents et la neige. Quand je suis arrivée à la maison, maman était déjà rentrée. Elle inspectait les cahiers de Jeff et de Dany, qui se donnaient des coups de pied sous la table de la cuisine. En me voyant, ils sont restés bouche bée.

— Qu'est-ce que c'est que ça ? a demandé maman.

— J'en sais rien du tout ! Ça vient de mon correspondant ! D'Amérique ! De New York, Manhattan, pour être plus précise !

— Moi aussi je veux un correspondant ! a lancé aussitôt Dany en cherchant à arracher une bande de scotch du paquet.

— Eh bien ! Apprends à parler anglais, *Baby* ! Et enlève tes pattes de mes affaires !

Je me sentais vraiment très importante. Tous les regards étaient braqués sur moi et tous étaient très impatients de connaître le contenu de mon colis. Alors, je suis partie dans ma chambre et j'ai fermé la porte à clé pour savourer toute seule le bonheur d'être aimée et couverte de cadeaux par un Américain de New York. Derrière la porte, j'entendais Dany qui me suppliait de lui ouvrir en agitant la poignée de la porte.

— Lindy ! Ouvre ! Laisse-moi voir tes cadeaux ! Lindy, je vais apprendre l'anglais… Oh ! S'il te plaît, Didi ! S'il te plaît !

Je me suis bouché les oreilles. Mais les

bruits continuaient à entrer dans la chambre. Maman consolait Dany en essayant de lui faire lâcher la poignée. Jeff hurlait qu'il s'en fichait de l'Amérique et de tous les Américains. La télé riait toute seule. Et Bingo aboyait pour montrer qu'il faisait bien partie de la famille. J'ai soudain eu mauvaise conscience. On était habitués à tout partager : le malheur et le bonheur. Alors, j'ai ouvert la porte. Ils sont tous entrés, la bouche en cœur comme s'ils n'étaient pas les auteurs des mots qu'ils m'avaient adressés quelques instants plus tôt. Retenant mon souffle, j'ai commencé à défaire le paquet dans un silence incroyable. Ça me faisait penser à ces gens affamés des pays en guerre qui attendaient le secours venu du ciel, transporté par les avions de l'aide humanitaire et jeté sur la terre. Des paquets qui s'écrasaient dans le désert, les savanes, les villes bombardées, avec du lait en poudre, des médicaments, des sacs de riz, pour les survivants…

Il n'y avait rien de tout cela dans le colis de Andrew. Beaucoup de papier pour envelopper un T-shirt, un verre, un stylo, trois C.D., une cassette sur laquelle sa voix était enregistrée et une bague gravée de mes initiales.

— Eh ben, dis donc ! a soupiré Jeff en ouvrant grand les yeux. Il est drôlement gentil ton correspondant. Qu'est-ce que tu vas lui envoyer ?

— Qu'est-ce qu'il raconte sur la cassette ? a demandé maman tout en examinant la bague.

— Il dit qu'il parle lentement pour que je comprenne bien. Il a toujours aimé la France. Il aimerait venir me rendre visite. C'est son grand rêve. Sa mère a essayé de préparer la recette du colombo de poulet que je lui avais envoyée. Mais elle ne croit pas que ce soit le plat traditionnel des Français car elle n'en a jamais goûté. Elle pense qu'il s'agit plutôt d'un repas indien. Comme d'habitude, il me demande une photo de toute la famille et même de Bingo. Et puis, il m'invite à venir à New York…

— À NEW YORK ! a crié Jeff, les yeux écarquillés.

— Tu m'emmèneras avec toi, a supplié Dany en prenant son air d'enfant abandonnée.

— Il faut absolument qu'on fasse une photo de nous, hein ! maman. Je lui ai déjà envoyé une photo de moi…

— On peut aller tous ensemble au Photomaton si tu veux…

— Sans papa ! s'est écrié Jeff.

C'est à ce moment que maman a déclaré que papa allait venir en France au mois de mars. Ce n'était bien sûr pas une surprise pour moi. Elle avait la gorge un peu serrée. Mais, la connaissant bien, je savais qu'elle était heureuse, que les choses allaient s'arranger entre eux, que les bonnes nouvelles allaient revenir en même temps que le printemps.

— Il a réussi à s'entendre avec ses frères. Il a racheté notre maison.

— Pourquoi il a racheté notre maison ? s'est inquiétée Dany avec des larmes en suspens dans les yeux.

— On l'avait perdue, a lâché monsieur Savant. T'as rien compris, Dany !

— Je savais pas, moi… Pourquoi personne m'a rien dit ?

— C'était des histoires de grandes personnes !

— C'est fini, maintenant ! On l'a retrouvée…
Notre maison ! Avec notre cour et notre jardin !

— Alors, on va retourner en Guadeloupe !

— C'est bien ça…

— Quand ?

— Je ne sais pas encore…

*

Est-ce que c'était ça, la vie ?

La joie et la peine embarquées dans le même
bateau. Jean qui rit, Jean qui pleure…

Est-ce qu'on pouvait rire et pleurer en même
temps ? Basculer d'un état à un autre plus vite
que la lumière dans sa course ?

Est-ce que c'était ça, les hauts et les bas de
l'existence dont parlait ma grand-mère ?

Allongée sur mon lit, les yeux ouverts dans le
noir, j'étais ballottée entre ces deux sentiments :
joie et peine. J'étais contente pour maman, que je
sentais soulagée. J'étais excitée à l'idée de rentrer
en Guadeloupe, retrouver notre maison, mon

manguier qui m'avait tant manqué, les vagues de la mer Caraïbe, la langue créole, le retour des pêcheurs à l'heure où le soleil flamboyant rejoint l'horizon, s'enfonce dans les draps noirs de la nuit... Et j'étais en même temps très peinée, bouleversée à l'idée de quitter Carola, mon collège, M. Carmille et Mlle Benguigui, M. Édouard, Kathy et Jonathan. J'étais triste à l'idée de ne pas connaître la fin de leurs histoires.

Est-ce que Carola arrêterait vraiment de mentir ?

Est-ce que M. Carmille demanderait la main de Mlle Benguigui ?

Est-ce que Jonathan saurait marcher à un an comme le jurait Kathy ?

C'était sûrement ça, la vie... Rencontrer des gens. Faire un bout de chemin avec eux et puis s'en aller. Rencontrer encore des gens et ainsi de suite...

Il n'y avait pas la moindre étoile dans la nuit. Mais je les imaginais, une multitude, scintillantes et magiques, dans le ciel de Guadeloupe, audessus de la tête de papa, gardiennes de sa nuit.

Ce soir-là, je me suis endormie en pensant à Andrew. Il se tenait à la place de mon arbre de la cité. Planté là de la même manière. Il murmurait qu'il serait toujours là pour moi. Même si j'allais aux quatre coins du monde, je ne serais jamais loin de son cœur. Et sa promesse, dispersée par le vent, s'envolait comme les feuilles mortes de septembre. Grâce à ses paroles, je n'avais plus peur. C'était ça, la vie : une rivière qui parfois descendait doucement jusqu'à la mer, parfois s'énervait et emportait tout dans sa colère, parfois changeait de cours...

*

Carola faisait de gros efforts. Avant de se laisser embarquer dans des histoires abracadabrantes, elle marquait un temps d'arrêt, mettait de l'ordre dans sa tête et essayait de dire la vérité. Il y avait maintenant presque un mois qu'elle tenait bon. Le mois de février s'achevait comme une fête.

Ce jour-là, j'étais invitée à déjeuner chez

elle. J'étais assise en face de son père qui m'observait à la dérobée tandis que la maman de Carola me couvait du regard. J'avais l'impression d'être à la table de l'inspecteur Columbo qui me soupçonnait de quelque forfait.

— Alors comme ça, tu repars à la fin de l'année scolaire, Lindy !

— Oui, monsieur Tomasini.

— T'es restée qu'une année !

— C'est bien ça, monsieur Tomasini.

— C'était pas prévu, a lancé l'inspecteur Columbo en avalant une bouchée de pommes de terre à la crème.

— Ben ! Mon père a réussi à acheter la maison qu'on voulait nous prendre. Alors, on retourne en Guadeloupe.

— On voulait vous prendre votre maison ! s'est inquiétée Mme Columbo.

— C'est une histoire de famille assez compliquée…

— Raconte ! s'est écriée Carola.

— Eh bien ! En Guadeloupe, nous habitions dans une maison qui appartenait à ma grand-mère.

Les trois frères de mon père se sentaient lésés. Alors, ils se sont réunis et ont décidé de vendre la maison afin de toucher leur héritage. Mon père était tellement fâché qu'il a passé le concours de la Poste. Nous avons déménagé. C'est comme ça que nous sommes arrivés à Noisy.

— Si je me souviens bien, ça fait longtemps qu'il est parti. J'ai pas eu le temps de le connaître. C'était avant que Carola te donne le chiot, a déclaré le père Columbo.

— Allez, mange, Lindy !

Sauvée par la mère de Carola, j'ai entrepris de découper soigneusement le blanc de poulet qui trônait dans mon assiette à côté des pommes de terre. Mme Tomasini avait mis les petits plats dans les grands. D'ordinaire, elle ne se cassait pas la tête pour cuisiner. Et sur ce plan, elle était tout le contraire de maman. De son enfance en Corse, elle gardait en mémoire les corvées d'écaillage de poisson, de plumage de volaille et de débitage de cabri que lui imposait sa mère. À présent qu'elle vivait à Noisy, elle n'achetait que des poissons réduits en rectangles, des cuisses de poulet calibrées, des steaks hachés surgelés, des purées de pommes de terre et des salades en sachet, des vinaigrettes préparées…

*

On fêtait une bonne nouvelle ce jour-là. Et j'y étais pour quelque chose. Carola m'avait dit que ses parents voulaient me remercier. Ils avaient rencontré la psychologue qui leur avait confié que Carola était sur le chemin de la guérison. Elle avait enfin eu le choc que tout le monde attendait.

Il y avait de l'émotion dans l'air, une sorte de tension gênante qui ne savait pas comment s'exprimer. Le père de Carola me considérait soudain avec curiosité. Je voyais qu'à ses yeux j'étais devenue importante et mystérieuse. Comment avais-je réussi là où ils s'étaient empêtrés lamentablement depuis la mort de leur petit garçon ? Est-ce que j'étais dotée de pouvoirs surnaturels comme une extraterrestre débarquée d'une autre planète ? Il voulait comprendre et ça l'embêtait de ne pouvoir procéder à un interrogatoire en règle. Il aurait aimé trouver des pistes et des indices, enquêter pour de bon, obtenir des aveux complets. Mais Mme Tomasini le freinait sans cesse. Sa fille sortait petit à petit de ce monde fabriqué autour des mensonges et elle me témoignait une reconnaissance extraordinaire.

Leurs regards pesaient sur moi tandis que je m'essuyais la bouche avec soin, en tamponnant les coins d'une manière distinguée. Carola ne m'était d'aucun secours. Elle se contentait de me regarder d'un air moqueur.

— Bon ! On passe au dessert ! a ordonné l'inspecteur en donnant une petite tape à la table.

Mme Tomasini s'est levée d'un bond.

— C'est du flan au caramel ! m'a soufflé Carola.

— Alors, t'as d'autres amis au collège, Lindy ?

Le père de Carola revenait à la charge.

— Oui… Hamidou, qui m'aide en maths.

— Hamidou ! a répété M. Tomasini. Sénégalais ?

— Oui, mais il est né en France.

— Ah bon ! Et il te donne des cours de maths…

— C'est le meilleur ! s'est exclamé Carola. Il habite dans l'immeuble de Lindy.

— C'est le fondateur de notre groupe !

— Fondateur de quoi ?

— Papa, tu sais bien qu'on est choristes dans un groupe !

— Comment il s'appelle, votre groupe ? Je suis pas au courant…

— Tu sais pas qu'on chante ? Il a pas de nom, notre groupe. T'en fais pas, on trouvera bien un nom quand on ira enregistrer le disque…

Le père de Carola devenait violet. Je commençais à avoir des fourmis dans les jambes. Je les sentais grimper le long de mes mollets. Je tenais mes deux mains sur la table et je m'attendais à tout moment à les voir débarquer sur la nappe blanche, se précipiter sur le flan au caramel que Mme Tomasini venait de poser sur la table.

*

— Je ne veux même pas penser à ton départ !
gémit Carola en se jetant sur son lit.

— On s'écrira.

Ma voix se voulait claire et sauve de toute
émotion, mais mon cœur battait à cent à l'heure.
Je me sentais déchirée rien qu'en pensant aux au
revoir.

— Peut-être que tu pourras revenir en
vacances en France… ou en Amérique ! Ça serait
super qu'on se retrouve à New York, tu crois pas !
Donne-moi des nouvelles de Andrew.

Je n'avais pas reçu de lettre depuis un mois
et cela m'inquiétait un peu. Est-ce qu'il avait bien
eu mes lettres ? Est-ce que j'avais correctement
écrit son adresse sur les enveloppes ? Est-ce qu'il
avait manqué de temps ? Est-ce que Jeff ou Dany
me prenait mon courrier ? Au début de la semaine,
je lui avais même expédié une petite carte sur
laquelle une vieille dame coiffée d'un chapeau à
fleurs inspectait désespérément le fond de sa
boîte aux lettres.

— Tu veux pas qu'on lui envoie un e-mail ?
proposa Carola. Je sais comment faire. Viens, on

va sur l'ordinateur de mon père !

— Non, arrête ! Je préfère attendre la fin du mois. Et là j'ai pas son adresse e-mail…

— On demande à Tim.

— Non, Carola ! Ton père va encore me poser un tas de questions.

— On s'en fiche. Il peut rien te refuser.

Je lui ai emboîté le pas à contrecœur. J'ai dû passer devant ses parents, sourire au sourire de sa mère qui remplissait des grilles de mots croisés et supporter de nouveau le regard perçant de son père qui suivait un match de football à la télévision et ne se gênait pas pour pester contre le gardien de but qu'il traitait tour à tour de couillon, crétin, femmelette…

Carola a vite fait d'envoyer un message à Tim.

Nous avons attendu une réponse qui n'est venue que fort tard dans la nuit. J'avais déjà regagné mon appartement.

5

Les premiers jours de printemps avaient garni de feuilles les branches des arbres. J'avais tout le temps envie d'être dehors. Même s'il ne faisait pas encore très chaud, je passais des heures à promener Bingo, qui tantôt tirait sur sa laisse, tantôt se traînait comme une loque. Le soleil faisait de belles apparitions et les nuages blancs se baladaient sur le fond bleu du ciel. L'hiver s'éloignait doucement. Je ne cherchais pas à le retenir mais je savais qu'une fois repartie en Guadeloupe, je ne vivrai plus la magie des quatre saisons. En Guadeloupe, le carême succédait à l'hivernage. La saison sèche aux mois de pluies et cyclones.

Quand je pensais au départ, la peine et la joie se mêlaient dans mon cœur. Et ça me mettait dans une drôle d'humeur, comme s'il y avait en même temps dans ma tête le carême et l'hivernage. J'avais aussi pris une grosse claque au mois de février. J'avais fait semblant de ne pas avoir été blessée. Je n'en avais parlé qu'avec Carola, qui m'avait consolée comme une sœur.

À la maison, l'ambiance était fébrile. Nous attendions avec impatience la venue de papa. Jeff et Dany se chamaillaient dès qu'ils en avaient l'occasion. Mais maman ne s'arrachait pas les cheveux. Elle les regardait, soupirait et murmurait d'une voix paisible : « C'est fini ! C'est fini ! » On sentait bien qu'elle était ailleurs. Elle planait. Elle rêvait en plein jour, mettait trop de sel dans les repas, riait pour un rien, chantait et dansait sitôt qu'elle entendait trois notes de musique.

Le matin, elle se rendait au Tropical comme si elle allait à une fête. Elle n'avait réellement plus rien à voir avec la Calamity Jane des cauchemars de Dany. Plus grand-chose en commun avec La Mère Parfaite, La Terreur des poussières. Du coup, l'aspirateur ronflait une pauvre demi-heure sur la moquette, avalant en trois bouchées les poussières. Le temps de faire ouf, il était déjà enfermé dans le placard.

— Je me repose le dimanche. Je ne veux plus m'esquinter le week-end. Maintenant je prends mon temps ! disait maman en s'étirant comme un chat.

Lorsque j'entrais dans sa chambre, je la trouvais endormie au milieu des lettres de papa qu'elle lisait et relisait sans cesse pour se donner la patience qui accompagne l'attente. Parfois, le soir, elle venait s'asseoir au bord de mon lit.

— Qu'est-ce qui ne va pas, Lindy ?

— Tout va bien, maman.

— Si tout va bien, pourquoi t'as l'air malheureux comme ça ? T'es ma fille ! Je te connais par cœur, tu sais.

Ma voix se faisait plus ferme, pesait sur chaque mot.

— Tout. Va. Bien !

— T'as un problème avec Carola ? Ça ne va pas au collège ? T'as pas de nouvelles de Andrew, c'est ça qui te met dans cet état ?

Je fermais les yeux pour retenir mes larmes. Elle n'insistait pas, se levait, allait embrasser Dany et refermait la porte doucement après avoir éteint la lumière. Je savais qu'elle n'irait pas dormir tout de suite. Elle devait d'abord enrouler ses cheveux autour des bigoudis, lire les lettres de papa, rêver de notre retour en Guadeloupe…

*

L'avion de papa devait atterrir à 9 heures 45 minutes. Nous l'avons attendu près d'une heure, tuant le temps à déambuler dans le hall, emportés par le flot continu de voyageurs qui partaient ou revenaient des quatre coins du monde. Je m'intéressais plus particulièrement aux hôtesses, aux stewards et aux pilotes, tous impeccables dans leurs uniformes. Est-ce que j'avais encore envie de devenir hôtesse de l'air ? J'ai commencé à compter celles que je croisais. Je me suis dit que, si j'arrivais à en voir vingt, c'était ma destinée. Maman resplendissait dans une robe à fleurs spécialement achetée pour l'occasion. Ses talons aiguille martelaient le sol en cadence. Son regard portait loin, survolant toutes les têtes. Jeff poussait Dany qui s'était installée dans un chariot abandonné. Et moi je comptais les hôtesses. Douze…

— Tu veux toujours devenir hôtesse de l'air ? m'a demandé maman comme si elle sortait d'un rêve.

— Je sais plus.

Quinze !

— Tu vois, j'ai pas oublié !

— Tu crois que papa me reconnaîtra ? a lancé Jeff en évitant de justesse les mollets d'une vieille dame qui promenait son pékinois et ses valises dans un chariot.

Vingt ! Ouf ! J'en avais trouvé vingt. Vingt hôtesses de l'air…

— Bien sûr que papa te reconnaîtra ! Ça fait pas si longtemps qu'il est parti.

— Et moi aussi, il me reconnaîtra ? s'est inquiétée Dany.

Il faudrait que je sois super calée en anglais. Toutes les hôtesses devaient parler anglais, espagnol aussi…

— On doit retourner dans la salle d'arrivée, les enfants ! Vous allez bientôt revoir votre papa.

Disant cela, maman cherchait des yeux un miroir afin de s'arranger les cheveux.

Je l'enviais. J'avais rêvé d'être un jour à l'aéroport en train d'attendre Andrew. Tous mes rêves s'étaient brisés après son long silence et le message que Tim avait envoyé par e-mail à Carola.

Trois mots terribles qui m'avaient mis les larmes aux yeux.

Trois petits mots glacés comme le cœur de l'hiver.

Trois petits mots et puis s'en vont.

Adieu Andrew… *Bye bye* l'Amérique ! *Bye bye* New York !

— Le voilà ! s'est écriée maman. Là ! Votre papa !

*

Nous étions autour de lui, curieux et admiratifs, comme ce jour où j'avais ouvert le colis de Andrew. Maman le regardait avec amour et ses yeux lançaient des petits éclairs de grande reconnaissance. D'autorité, Jeff lui mettait sous le nez son carnet de notes : preuve de sa bonne conduite. Dany s'était assise sur ses genoux et lui caressait le menton, les joues et les tempes d'un air ravi. C'était bien lui ! Son papa ! En chair et en os ! Elle n'en revenait pas. Quant à moi, je ne savais pas quoi faire de mes mains. Un peu plus tôt, à l'aéroport, il m'avait serrée dans ses bras. Et cela m'avait gênée, je me sentais trop grande pour ce genre de manifestation. Je m'étais dégagée en riant. Enfin, il était là, nous étions au complet.

— La maison vous attend ! Oh ! Vous pouvez pas savoir comment je suis content de vous retrouver… Comment je suis heureux que toute cette histoire se termine bien… Vous m'avez manqué…

— Alors, on va repartir avec toi ? a soufflé Dany.

— Faudra attendre les grandes vacances ! a répondu papa d'une voix très douce tout en faisant un clin d'œil à maman.

— Et on reviendra plus à Noisy ? a demandé

Jeff. Je verrai plus jamais mes copains ?

— Eh bien ! Tu pourras revenir si tu dois entrer à l'université…

Puis, se tournant vers moi, il a déclaré :

— T'es bien silencieuse, Lindy ! Y a quelque chose qui te tracasse ?

— Elle est comme ça depuis que son correspondant lui écrit plus, a jeté Dany.

J'avais envie de la rouer de coups, mais j'ai préféré partir dans ma chambre.

*

SHE IS BLACK !
SHE IS BLACK !
SHE IS BLACK !

Trois mots qui ne cessaient de danser devant mes yeux depuis qu'ils étaient apparus sur l'écran de l'ordinateur du père de Carola.

SHE IS BLACK !
SHE IS BLACK !

SHE IS BLACK !
Signé Andrew…

*

Tim était désolé. Il expliqua plus tard à Carola qu'il n'y était pour rien. Selon lui ce n'était pas vraiment du racisme. Andrew avait toujours rêvé de correspondre avec une « vraie Parisienne ». En recevant ma photo, il avait eu le grand choc de sa vie. Il ne s'attendait pas du tout à ça. Carola était scandalisée. Elle voulait écrire à Andrew pour lui dire ses quatre vérités. Elle doutait maintenant que cet imbécile de Andrew soit le meilleur ami de Tim, qui n'avait pas du tout ces idées arriérées. En fait, nous n'avions jamais parlé de races. Pour Andrew, il ne faisait aucun doute que la France était peuplée de Blancs. Il avait en tête une France toute blanche.

— Tu sais, m'avait dit Carola, je ne voulais pas que tu vois ça. Mais je devais te dire la vérité. Tu m'en aurais trop voulu si tu l'avais appris par quelqu'un d'autre. Tu insistais tellement… Toutes ces lettres sans réponse…

Le temps des mensonges avait ouvert la porte au temps des chocs. Carola était vraiment guérie. Sur le coup, nous avions éclaté de rire, parce que les mensonges étaient souvent plus doux à entendre. La vérité giclait parfois comme une douche froide.

— C'est pas grave ! Je retourne bientôt en Guadeloupe. Nous deux, on va continuer à s'écrire toute notre vie.

— Et si je me marie avec Tim, tu seras mon témoin ! Jure !

J'avais levé la main droite et dit « Je le jure ». J'avais encore ri un bon coup de la bêtise de Andrew et j'étais rentrée à la maison, la tête basse et le pas long.

*

C'est dur de panser une blessure de cœur. C'est pas comme un bobo ou une égratignure. Ça met du temps avant de cicatriser. Parfois, on croit qu'on est complètement guéri, qu'on a oublié. Et puis, pour un rien, la blessure se met à faire mal. Il n'y a pas de sang, bien sûr, pas la moindre cicatrice visible. Tout est enfermé dans le cœur qui est transpercé de petites aiguilles.

Au collège, on appelait tous les Africains et les Antillais des Blacks et tous les Arabes des Beurs. Les enfants des autres races n'avaient pas de nom. Un jour, une bande de filles avait demandé à Carola ce qu'elle fichait toujours collée à sa petite Blackette. Carola leur avait dit que son père appartenait à la Ligue des droits de l'homme, qu'il occupait un poste de responsabilité au mouvement Tous unis contre le racisme et qu'au commissariat il était chargé de ficher les gens qui lançaient des propos racistes. Si elles continuaient, Carola avait menacé de les dénoncer. Leurs parents ne toucheraient plus ni bourse ni allocations familiales. C'étaient les nouvelles lois… Les pauvres filles étaient restées bouche bée. Bien sûr, Carola avait tout inventé, mais cela avait fait de l'effet. La petite bande rasait les murs dès qu'elle nous voyait.

— Tu vois, ça sert les mensonges ! m'avait

lancé Carola, très fière d'elle.

— T'occupe, il y a des ignorants partout, avait ajouté Hamidou.

*

Ses copains, qui l'aimaient sincèrement, l'avaient surnommé Black & Maths, parce qu'il était noir, fin stratège aux échecs et génial en maths. Quand j'étais arrivée au collège, il m'avait accueillie sur un air de rap :

« Toi, tu débarques
Il y a de tout ici
Des bons et des méchants
Séries policières américaines
Version française
Moi je viens d'Afrique
Toi des Antilles
Ici on est des Blacks
Point à la ligne
C'est pas méchant
Faut faire avec

Moi, j'ai des copains
Toutes les races…
Toi qui débarques
Toi t'es une Black
Version originale
Suis le guide
Visite gratis
Version sous-titrée
Tour Eiffel
Sacré-Cœur
Arc de Triomphe
C'est pas méchant
Faut faire avec
Moi j'ai des copains
Toutes les races. »

Quand il m'avait demandé si je savais chanter et si j'aurais aimé faire partie de son groupe, j'avais tout de suite été emballée. Hamidou composait des milliers de chansons et se voyait déjà invité à la télévision. Carola y croyait plus que moi. Elle s'était mise à écrire des paroles dans une langue à mi-chemin entre l'anglais et le français.

On avait gardé deux de ses compositions pour l'album, dont *Little Brother*…

> *« Je pense à toi*
> *Je ne t'oublie pas*
> *Garçon manqué*
> *Enfant gâté*
> *In Paradise*
> *Open your eyes*
>
> *Je te revois*
> *Comme autrefois*
> *Petit bébé*
> *Cœur arrêté*
> *In Paradise*
> *Open your eyes*
>
> *Encore une fois*
> *Regarde-moi*
> *Soleil brisé*
> *Fin de l'été*
> *In Paradise*
> *Open your eyes. »*

Maman était aux anges.

Papa était le roi du monde.

Jeff comptait les jours sur le calendrier graisseux de la cuisine.

Dany portait tous les jours son jean neuf que papa lui avait apporté.

Et moi, je commençais doucement à me faire à l'idée de retourner en Guadeloupe.

À la fin du mois de mars, lorsque j'en ai parlé à Hamidou, il m'a tout de suite arrêtée :

— Tu te rappelles ce que je t'avais dit !… On n'aura pas le temps de faire le disque. On va être dispersés. Le groupe va exploser…

— C'est pas de ma faute, Hamidou !

— Je te dis pas le contraire…

— Écoute ! On a presque toutes les chansons ! On peut faire une cassette. On a encore trois mois avant les grandes vacances…

Hamidou avait souri comme un vieillard arrivé au bout de sa vie. Ses épaules s'étaient affaissées un peu plus.

— Tu sais, moi aussi je vais sûrement repartir. Mon père finira par rentrer au Sénégal. Il en parle tous les jours avec ma mère. Ils ne vont pas tarder à se décider…

— T'en as envie, toi ?

— Tu parles ! Je connais pas grand-chose du Sénégal… Je suis né ici, moi !

— T'as qu'à leur dire…

— Taka ! Taka ! Taka ! Tu crois que c'est facile !

— Bon, écoute ! Rendez-vous cet après-midi chez toi ! On travaille tous les jours. On enregistre sur une cassette, on fait dix copies, on les apporte à des radios et on arrête de pleurer sur notre sort. Préviens Boris et Miguel. Je me charge de Carola ! Faut que tout le monde soit là !

— Faudra plusieurs jours de répétition !

— Mais oui, je sais ! On va s'y mettre pour de bon !

Hamidou m'avait quittée complètement regonflé. Il s'était redressé d'un coup et cela m'avait rendue heureuse. Non, fallait plus pleurer sur son sort. On n'était pas si vieux, pas si désespérés. On avait la vie devant nous ! Et plein de chansons dans la tête…

*

La mère de Miguel avait eu pitié de lui. Il avait progressé, frôlé le C sur son dernier relevé de notes. Et après un entretien avec M. Carmille, elle avait réalisé que la fréquentation d'Hamidou n'était pas une si mauvaise chose.

— Il a été super, M. Carmille ! Il a dit à ma mère que tu étais l'un de ses meilleurs élèves. Et que j'avais tout à gagner avec toi.

— Il a dit ça ! s'est exclamé Hamidou.

— Ouais !

Nous étions tous là. Le groupe Sans Nom. Boris lisait d'un air très concentré les dernières chansons qu'avait écrites Carola. Hamidou pianotait sur son clavier avec un fin sourire sur les lèvres.

— Vous savez qu'ils vont se marier ! s'est écriée Carola.

— Qui ?

— Eh bien ! Carmille et Benguigui !

— Qui t'a dit ça ?

— C'est pas un scoop ! a lancé Miguel.

— Quand ?

— Comment t'es au courant ?

— Je sais, c'est tout.

— En juin ! Ils se marient en juin !

— C'est trop mignon !

— Et nous sommes invités…

— Qui, nous ?

— Toute la classe !

— C'est de l'intox ! a lâché Boris. Jamais les profs n'invitent des élèves à leur mariage…

Les questions et les réponses partaient dans tous les sens. Hamidou seul se tenait à l'écart des débats. Et puis il en a eu marre.

— Quand vous serez prêts à répéter, vous me ferez signe ! O.K. ! On est là pour travailler, pas pour feuilleter *Ici Paris* !

On aurait dit un vrai pro des studios d'enregistrement. Ça nous a remis les idées en place.

Boris a tout de suite enchaîné :

— Bon ! Faut qu'on se mette d'accord sur les

textes. On a combien de mélodies ?

— Sept ! a répondu Miguel.

— Et une douzaine de textes avec ceux que Carola vient de me donner ! Y a des trucs pas mal…

— Faut voir ! a déclaré Hamidou. Lis-les pour que tout le monde entende !

Carola m'a fait passer les feuillets :

— Toi, lis-les, Lindy !

J'allais refuser, mais son regard était suppliant. Il y avait deux chansons d'amour et un court texte écrit comme un poème sur l'amitié. Je les ai lus, les mains tremblantes, avec un chat dans la gorge et un nœud dans le cœur. On a gardé le poème d'amitié et écarté les autres, parce que les garçons étaient gênés à l'idée de chanter l'amour à leur âge. Ils laissaient ça aux vieux chanteurs. Les autres chansons abordaient les thèmes les plus divers… Violence dans les cités, injustice, guerre, pollution, drogue, racisme. Nous étions en quelque sorte de grands dénonciateurs. Nos chansons racontaient le monde tel que nous le voyions du haut de nos treize ans. Et nous étions très fiers de nos productions, très sensibles aux misères des plus pauvres.

Nous avons arrêté de travailler vers les huit heures du soir en nous donnant rendez-vous le lendemain juste après le déjeuner. Les jours avaient commencé à rallonger sérieusement. Il faisait doux. Nous n'avions pas très envie de nous séparer, mais la mère d'Hamidou nous avait dit qu'il était grand temps de rentrer chez nous. Elle avait été charmante tout l'après-midi, ne s'était pas plainte une seule fois du bruit que nous faisions avec notre musique, nos cris, nos chants et nos rires. Elle m'avait fait cadeau d'un coupon de tissu pour maman et, sur le pas de sa porte, elle m'avait remerciée une dernière fois de ne pas avoir amené mon horrible chien plein de poils.

— Hamidou m'a dit que tu repars bientôt chez toi dans les îles. Tu sais, on a des îles aussi au Sénégal.

— Il y a des îles partout dans le monde, a dit Carola. En fait, on vient tous des îles, madame Tambadou.

— Et qu'est-ce que tu fais des continents ?

— Eh bien, ce sont de grandes îles puisqu'ils sont entourés d'eau.

— Tu as réponse à tout, toi ! a soupiré Mme Tambadou en remontant son boubou sur son épaule.

J'ai fait un bout de chemin avec Carola et puis j'ai regagné l'immeuble. Elle continuait à voir la psychologue qui la disait encore un peu fragile. Mais Carola avait vraiment changé. Elle était moins fofolle et passait beaucoup de temps à lire des romans, à écrire des poèmes et surtout des contes qu'elle me lisait parfois. « On a le droit de tout inventer quand on écrit, Lindy ! Après, on peut mieux vivre sa vie en vrai », m'avait-elle dit quelques jours après le retour de papa.

Est-ce que la vie est un conte ?

Est-ce que la vie est un poème ?

Est-ce que la vie est un roman ?

*

Papa et maman étaient au salon en train

de se faire des bisous quand je suis rentrée. Ils n'avaient même pas entendu ma clé dans la serrure. Décidément, ils revivaient leur lune de miel ! Il ne fallait pas chercher à comprendre… C'était la vie, quoi ! L'histoire d'amour de Jeanine et d'Oscar, quoi ! La vie compliquée des parents qui s'aiment, se fâchent, se retrouvent…

Est-ce que ma vie serait si compliquée ? Une chose était sûre et certaine, je ne me marierai jamais avec Andrew. Pas de nouvelle. Silence radio depuis le dernier message de Tim.

— Tant pis pour lui !

— Tant pis pour qui ? m'a demandé Dany. Pourquoi tu ris comme ça ? Et d'où tu sors à cette heure ?

— T'occupe ! Je suis une grande fille. Et je parle toute seule. Je ris toute seule et je m'en fous de l'Américain.

— Tu es méchante, Lindy ! C'est pas gentil de me parler comme ça ! Je suis ta petite sœur… Et tu me racontes jamais ce que tu fais… Y a que tes amis qui comptent…

J'ai vu venir les premières larmes, alors je

l'ai tout de suite prise dans mes bras. Et je lui ai dit des paroles douces dans le creux de l'oreille.

*

Quand papa est reparti, maman ne s'est pas du tout sentie abandonnée. Elle savait qu'il ne nous restait plus que trois mois à vivre en France.

Trois petits mois ! Et tant de choses à régler avant mon départ !

Je savais que je passais en quatrième, c'était déjà ça…

J'étais à peu près sûre que Carola était guérie, c'était pas si mal…

Papa et maman étaient réconciliés, c'était une bonne chose…

Qu'emporterai-je avec moi ?

Tous les mots appris à la cité, tous les moments passés à répéter avec le groupe. Et puis, il y avait l'amitié de Carola, l'histoire d'amour de M. Carmille et de Mlle Benguigui. Il y avait une année de ma vie dans un appartement tapissé de fleurs. Je garderai le plus longtemps possible le souvenir du Tropical, la neige de décembre, les arbres nus dans le froid de l'hiver. J'étais arrivée noire et je n'avais pas blanchi. À Noisy, j'étais devenue une Black. J'étais aussi devenue choriste d'un groupe de rap et j'étais tombée amoureuse d'un Américain d'une île de New York qui avait eu peur de ma couleur…

*

À la fin des vacances de Pâques, notre cassette était prête. Dix magnifiques chansons! Un vrai trésor que Carola voulait mettre en sécurité dans le coffre de son père à la banque. Nous nous sommes contentés d'en faire des copies. Mais nous étions réellement très fiers de nous, persuadés que tout ce que nous écoutions à la radio ne valait pas nos créations. Alors nous sommes allés à Paris. Nous avons passé une journée à sauter d'un métro à un autre pour faire la distribution des copies à un tas d'hôtesses d'accueil aux sourires fabriqués qui nous promettaient de faire suivre aux animateurs des radios. C'était grisant ! Rien qu'en pénétrant dans le hall, on se sentait comme des vedettes du show-business ! Des stars du rap ! On s'imaginait dans un vrai studio d'enregistrement avec les casques et les micros ! On se voyait invités à la télévision !

On a vite déchanté…

Au mois de mai, on n'avait toujours pas de nouvelles.

Hamidou tournait comme un lion en cage.

C'est le père de Carola qui lui a conseillé Radio-Noisy.

— Ce milieu, c'est la jungle, les petits ! Vous faites pas trop d'illusions ! nous a dit le disc-jockey. On reçoit des milliers de cassettes par semaine ! Tout le monde rêve d'être chanteur ! Tout le monde a une âme d'artiste !

Il avait fait tatouer une sirène sur son bras. Ses cheveux étaient hirsutes avec des mèches de plusieurs couleurs. Il avait un anneau planté dans un sourcil et des yeux verts très grands ouverts. Sa chaise lui servait de balançoire. Et derrière lui, sur un poster géant, Johnny Hallyday tordait le cou d'un micro en grimaçant. Son bureau, une grande plaque de verre posée sur des tréteaux, était un champ de bataille. Paperasse, C.D., boîtes en carton remplies de cassettes, journaux, cendriers, paquets de cigarettes et trois téléphones se disputaient le territoire.

— Passez-le au moins une fois, monsieur ! S'il vous plaît ! monsieur ! a supplié Miguel.

— Pas de monsieur ! Appelez-moi Dicky ! Vous êtes nouveaux dans le métier ! Vous imaginez pas les pressions ! Je suppose que vous avez d'abord essayé Paris !

— Euh ! Oui, Dicky ! s'est excusé Hamidou.

— Tous pareils ! Vous vous figurez pas les requins qui rôdent là-bas ! Avec leurs grandes dents ! Ils attendent que ça : les petits poissons de votre espèce qui leur apportent des trucs tout frais ! Vous vous êtes lâchés en pleine mer, les gars ! Dans un mois ou deux, peut-être même que vous entendrez l'une ou l'autre de vos chansons à la radio… Faudra pas vous étonner ! C'est moi qui vous le dis… Quand j'avais votre âge, j'ai composé pas mal… Et de temps en temps ça me gratte encore, mais pour être sincère…

— Dicky ! Une question : est-ce que vous allez passer notre cassette ? a demandé Carola pour couper court à la nostalgie de l'animateur vedette de Radio-Noisy.

Il a regardé ses boots en faux croco. Il a inspecté ses ongles et tourné deux de ses grosses bagues autour de ses doigts. Et il a lâché :

— Faut écouter ! Faut que j'y croie ! Si j'ai pas la foi…

Il nous a indiqué un coin sombre de son bureau.

— Si j'ai pas la foi, vous voyez cette poubelle là-bas ! Eh ben ! La cassette elle y va direct !

— Et quand est-ce que vous allez l'écouter, Dicky ?

Dicky a redressé une mèche rebelle, puis a considéré longuement Carola avant d'ajouter très sérieusement :

— T'es qui, toi ? L'attachée de presse du groupe ?

Personne n'a ri sur le moment. Nous étions terrorisés. En lui laissant son numéro de téléphone, Hamidou avait l'air de celui qui, perdu en pleine mer sur un radeau encerclé de requins, envoie sa dernière balise de détresse. Fallait que Dicky y croie. Nous avions déjà commencé à compter les jours.

Fallait que Dicky y croie !
Fallait que Dicky y croie !
Fallait que Dicky y croie !

*

Nous ne pensions plus qu'à ça. Au début du mois de juin, le jour où M. Carmille nous a remis les résultats du conseil de classe, les vacances étaient depuis longtemps inscrites en grosses lettres sur le tableau noir avec, au programme, l'explosion du groupe et notre cassette dans la poubelle de Dicky.

— Bon ! Faudra travailler pendant les vacances ! Tout le monde passe en quatrième… Pour certains, c'est in extremis…

Son regard a coulissé vers Miguel, Damien et Sophie.

— Bon, j'ai une autre nouvelle… Euh ! plus personnelle…

— Vous allez vous marier avec Mlle Benguigui ! a lancé une voix dans le désert.

C'était Carola.

M. Carmille a baissé la tête. Il a ouvert le col de sa chemise. Il avait soudain très chaud.

— C'est exact ! Vous êtes bien informée, mademoiselle Tomasini.

— Et vous, monsieur ! Vous êtes prêt pour le grand saut ? a demandé Rachid en riant à moitié.

— Je suis prêt. Je suis prêt… Euh ! Milhouda… Je veux dire Mlle Benguigui serait très heureuse si vous acceptiez de venir à notre mariage.

Inutile de dire que le cours s'est achevé dans le délire.

Quand je suis rentrée à la maison, ma tête était encore pleine des rires et du concert improvisé que nous avions offert à la classe devant un M. Carmille complètement ébloui – le mot est juste – par notre talent. Il nous a même proposé de chanter à son mariage. C'était grandiose !

Ma joie est vite retombée en voyant les cartons qui emplissaient la salle à manger. Maman était assise sur la moquette en train d'emballer des bibelots que Dany et Jeff déposaient autour d'elle.

— Viens nous aider, Lindy !

— Apporte tes affaires !

*

Ensuite, le temps s'est emballé. Tout est allé très vite. Le dernier jour au collège, le mariage de nos deux profs, le déménagement. Les adieux à mes amis de Noisy. Les retrouvailles avec la Guadeloupe et Capesterre-Belle-Eau…

Je n'ai pas vraiment eu le temps d'être malheureuse. Aujourd'hui, assise au pied du gros manguier de la cour, à quelques pas de la maison, je pense à Carola, à Hamidou, qui est retourné au Sénégal, à Miguel et Boris, à Andrew, à M. et Mme Carmille, à M. Édouard, à Kathy et Jonathan, à Dicky, qui a fait de *Little Brother* (la chanson de Carola) le tube de l'été de Radio-

Noisy. Je pense à cet arbre qui, de l'autre côté de la rue, nous avait accueillis en France. Je pense au soleil de la fresque, aux petites fleurs du papier peint qui n'ont jamais fané…

Bingo est devenu papa en Guadeloupe. Trois chiots que j'ai donnés à mes amis de Capesterre. J'ai des nouvelles fraîches de plusieurs endroits du monde et plein de correspondants. J'écris des chansons pour le groupe Sans Nom qui n'a pas explosé parce que, même très très loin les uns des autres, nous ne sommes pas dispersés. Nous sommes sur la même terre et nos rêves n'ont pas de fin, car la Terre est une île…

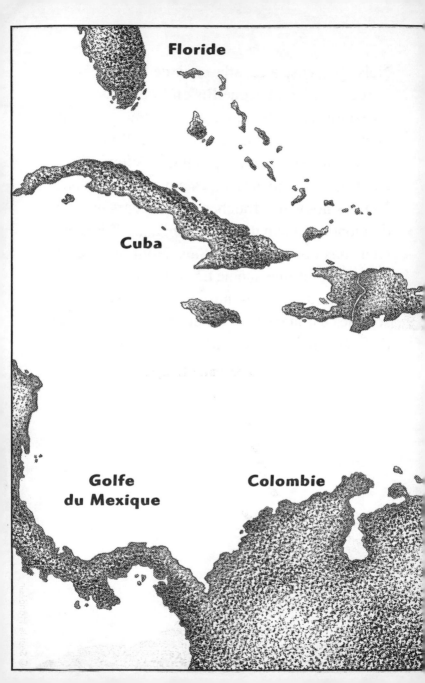

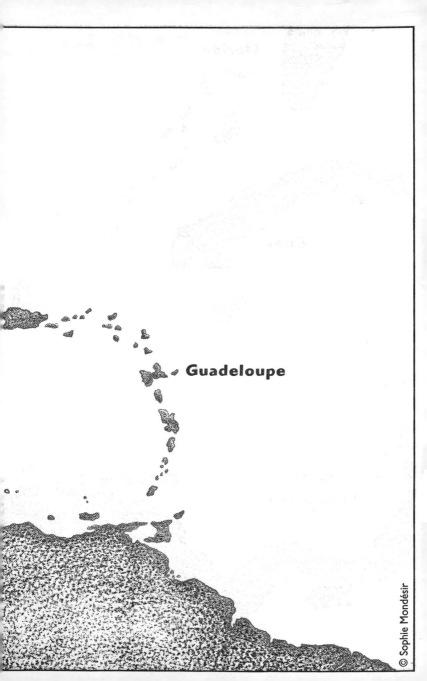

Guadeloupe

© Sophie Mondésir

DANS LA MÊME COLLECTION

Zaynab Alkali, *Jusqu'au bout de ses rêves*

Beryl Bowie, *Un vélo dans la tête*

Beryl Bowie, *Les esprits mènent la danse*

Evan Jones, *Aventures sur la planète Knos*

Mohamed Kacimi, *Le Secret de la reine de Saba*

Phillida Kingwill, *Le message de l'aigle noir*

Ken Saro-Wiwa, *Mister B millionnaire*

Francis Selormey, *Kofi, l'enfant du Ghana*

Cet ouvrage a été achevé d'imprimer sur Roto-Page
par l'Imprimerie Floch à Mayenne en janvier 2007.
D. L. : février 2007. N° d'imprimeur : 67434.
Imprimé en France